惜櫟荘と松の大木，相模湾

簡素なつくりの表門

腰壁は解体したのち，元通りに

薄杉板が美しい，瓦葺き前の屋根

洋間　ガラス戸の向こうに二本の櫟

五十八建築の特徴，大きな開口部

庭から和室・洋室を見る

和室　一枚松板の文机

「十二単」四組十二枚の戸を収納

岩波現代文庫／文芸 275

惜櫟荘だより

佐伯泰英

岩波書店

目　次

口絵写真

言美歩(一〜三頁、七頁上)

荒牧万佐行(四・五頁、七頁下、八頁)

＊六頁の写真のみ著者撮影

文豪お手植えの……

熱海に仕事場をもとうと考えたのは生来のへそ曲がりのせいだ。

その当時、熱海は寂れていた。その寂れようが気にいって白羽の矢を立てたといったら熱海の住人に叱られよう。だが、事実だった。

むろん東京から車でも新幹線でもおよそ一時間半もあればいけるアクセスが考えにあった。そして、海を望む湯の町が念頭にあった。

江戸時代以来の湯治場熱海を幾多の時勢の波が押し寄せて盛衰した。

戦後にかぎっても空襲に遭わなかった分、東京を焼け出された文人たちが仮の宿とした。西山の谷崎潤一郎、和田浜の杵屋家(木戸別荘)に居候した永井荷風と名を上げ出したら枚挙にいとまがあるまい。

昭和三十年前後には団体客が大勢訪れて、浴衣がけで下駄の音を坂の町に響かせていた。また会社が競って保養所を造ったが、建築が間に合わないというので一般の住居を改装し、温泉を引き、一部屋に何人も詰め込んで酒を飲み、煙草を吹かしながら麻雀に興じて、一晩を過ごすなんて光景が熱海じゅうで見られたという。朝になって見ると空のビール瓶が林立し、畳は煙草の焼け焦げだらけだったとか。

即席の保養所が会社の福利厚生課に連絡を取ると、直ぐに畳屋を寄越して、畳替えをしてくれたばかりか、型落ちの電化製品などが届けられたという。これが右肩上がりの熱海の好況時の日常の風景だった。だが、高度経済成長とともに日本人の関心はより遠くへ、ついには海外観光へと向けられ、熱海は忘れられていった。

伊豆山に近い海岸へりに戦前分譲された別荘地があって、昔の風情を残している。私が偶然にも仕事場に選んだのがこの界隈だった。二〇〇三年秋のことだ。時代小説に転じて四、五年目、その日暮らしを脱する目処が立ち、都内のマンションでの職住同居スタイルから抜け出したかったからだ。

昭和十年代に一区画二百余坪、十数区画が売りに出され、伊豆山十二号泉という温泉を共有しながら石畳の行き止まりの崖地にひっそりと時を過ごしてきた、そんな地区だった。ちなみに一区画の売値はおよそ二万数千円だった。

別荘地の入口に熱海ホテルがあった。熱海生まれの娘なら熱海ホテルで結婚式をあげて披露宴をと夢見た三階建ての木造洋館造りの瀟洒な建物だった。

大正十年（一九二一）十一月に上棟したホテル（岸衛建築）を、昭和五年（一九三〇）、設計山田馨によってスペイン風に改築し、戦後ＧＨＱがリゾートホテルとして接収した。その折、海へと下りる道を英国軍工兵隊が石畳を敷いたとか、いわれてみれば日本の石工が手掛けた石畳とは石の敷き方、斜面の勾配が独特で異国風だった。ただし、真偽のほどを未だ私は知らない。

このホテル、昭和十七年に谷崎潤一郎が名作『細雪』の執筆を開始した場所であり、三島由紀夫が死の直前に数日を過ごしたホテルとか、文壇にも縁があったホテルだが、昭和五十二年に消えてなくなった。

さて、急な石畳に面して高台に建つわが仕事場には共用の石段があって、岩波別荘、と門柱の照明器具にはげかけた四文字が書かれてあった。

「なんだ、岩波さんか」

と思ったものだ。こちらは読み物作家、同じ出版界に生きる人間とはいえ思想書や哲学書、さらには岩波文庫を中心として出版事業に携わる岩波のアカデミックの社風とはまるで縁がない。

二階の仕事場から相模灘を眺めながら時代小説の執筆を続ける日々が始まった。

垣根越しに実生から育ったと思える桜や野放図に地面を這う藤や桜の幹に絡まった椿

や、奔放に育った植物の四季折々の風情を愛でながら、ひたすら時代小説を書き続けていた。ひょろりとした竜舌蘭は

「志賀直哉先生のお手植えですよ」

と岩波書店のK管理人に教えられたがこちらも真偽のほどは分からない。

中秋の名月、初島を頂点にして海に映えた金波銀波の月明かりは絶景だった。私の友人がこれを見て、

「熱海のモンサンミッシェル」

と感嘆したほどだ。

十数本の松の大木に鳶が羽を休める岩波別荘が『惜櫟荘』と正式な名があることを知り、娘がインターネットで建物について書かれた本を買い集めて、岩波書店の創始者岩波茂雄と建築家吉田五十八の、頑固と意地のぶつかり合いの末に生まれた「作品」であることを知った。

わが仕事場の敷地より海側に一段下った惜櫟荘は、山桃や柿など木々に遮られて屋根がちらりと見えるばかりで、建物の全容は知れなかった。七十年余の松籟を聞いてきた屋根は軽い弧を描いて、艶を漂わせて官能的であった。

(見てみたい)

と希求するようになって数カ月後、惜櫟荘に庭師が入っているのを見て、親方に見せて

修復後の惜櫟荘（撮影：言美歩）

くれませんかと声をかけてみた。

「家は見せることはできないが庭ならいいよ」

という言葉に私と娘は初めて惜櫟荘を訪れた。まず海が目に入った。

「ええっ」

と娘が絶句した。わずかに距離が離れただけで海の風景が違っていた。松の枝越しに見える相模灘、その真ん中に初島が浮かんでいた。視界を東に転じたら別の海が待っていた。真鶴半島の突端の三ツ石に白く波が洗う景色だった。わが仕事場と惜櫟荘の間に、六、七メートルほど落差があり、また複雑な崖地をなすせいで、かようにも異なった景色を生み出していた。

惜櫟荘の名の由来となった老櫟は、支え木に助けられて地上二メートルのところから直角に角度を変えて横に幹を伸ばしていた。昔の写真で見るより幹は痩せ細っていた。筋肉を失い骨と皮だけの媼《おうな》の風情、平ったい幹の所々にうろを生じさせていた。植木屋の親方が、

「隣にあるのが二代目の櫟」

と教えてくれた。初代が枯れることを想定して二代目が用意されたらしい。

だが、私の目にはすくすくと育つ二代目より腰の曲がった初代櫟がなんとも好ましく、したたかに映った。

惜櫟荘は雨戸が閉て回されて内部の様子は窺うことはできなかった。だが、見慣れた屋根と茶色のリシン搔落し壁が調和した簡素な佇まい、三十坪の建物が相模灘を眼下に従えて清楚にして威風堂々としていた。雨樋を設けていないせいで、屋根の庇の景色がなんとも淡麗であった。屋根を流れてきた雨を雨落ちが受ける仕組みは、建物を実にすっきりと見せた。

のちに岩波ホールの支配人岩波律子に聞いた話だが、ポーランドの映画監督アンジェイ・ワイダ夫婦が惜櫟荘に一夜泊まった。その翌朝、律子さんが訪ねると屋根から絹糸のように白く光って落ちる雨の帯越しの相模灘をワイダ監督は写生していたそうな。

歌舞伎、長唄と江戸の芸能に通暁した吉田五十八の感性と信州人岩波茂雄の海への憧憬の結晶がそこにあった。

ワイダは巨人と天才の志したものを直感的に察知したのだろう。

石畳の分譲地には伊豆山十二号泉と温泉台帳に記録される源泉があって、湯温六十八度毎分百数十リットルを湧出していた。ちなみに現在伊豆山地区には百十数本の源泉があり、十二号泉とは十二番目に掘削された温泉という意味だ。この温泉を十数軒の分譲地住人が大事に継承してきたおかげで、今も良質のたっぷりとした湯が湧き、湯量と湯温は伊豆山、熱海地区でも特筆される。毎年一度、春に定例の総会が開かれて、源泉の保持を話し合う。こうして私は共同の受湯者と知り合いになり、少しずつ石畳の住人になっていった。

熱海に仕事場を設けて三年目か、体調を崩して仕事の中断を余儀なくされることになった。私は初めて自分が関わる出版六社の編集者を熱海に呼んで今後のことを相談した。その当時、年間の出版点数が十二冊を超えて、『月刊佐伯』と呼ばれ始めたころのことだった。自分では意識しなかったがストレスが溜まり、体調を崩したのだろう。

私は、編集者との付き合いを必要最小限度にしており、同業との付き合いもパーティの類も出席したことはない。むろん出版各社の編集者が横断的に交わる催しなどやったこともなかった。だが、出版のスケジュールを調整するためには各社の編集者の協力を仰ぐしかなかった。それが初めて私と六社の編集者の顔合わせだった。

今後の出版点数を抑制する話し合いの後、当分の静養が決まった。その夜、家族と私は、しみじみと話し合ったものだ。

「お父さん、無理してこの仕事場を手に入れておいてよかったね」

家族が洩らした言葉に私自身も共感し、心から安堵したものだった。東京にいれば不義理が身上の私でもそれなりに雑事が押し寄せてくる。

熱海の仕事場からぼおっと相模灘を眺めて、ジョウビタキ、目白、四十雀、雀が庭木を飛び回る風景を見ていれば心が休まった。

こうして私はこの石畳の風景に体調を取り戻すことができ、仕事を再開した。

岩波の代理人から惜櫟荘を手放すことになりましたので隣人の皆さんにはお断りをしておきますという丁重な挨拶を受けたとき、私は衝撃に言葉を失った。そして、垣根越しに季節を楽しんできた桜も、その桜に絡みついて季節の様子を見せる椿も花のつかない藤も鳶が遊ぶ大松も、いや、惜櫟荘も消えていくのかと茫然自失した。

時勢が時勢だ。開発業者に渡ればその先の展開は目に見えていた。松が切られ、惜櫟荘が潰され、崖地の起伏が整地され、マンションが建築されるだろう。この数年間、私たちはまだ見ぬ惜櫟荘を、岩波茂雄と吉田五十八のコラボレーションをどれほど幻想してきたことか。仕事場の向こうにコンクリートの塊が出現すると思うとぞっとした。

恐る恐る代理人に連絡をとり、無謀な思い付きを打診してみた。

その結果、私が惜櫟荘番人に就くことになったのだ。

その時、初めてその内部を見ることができた。

軍事物資が優先にされる戦中、岩波茂雄は八方手を尽くしての最高の木材、石材などを入手し、吉田五十八は京都から連れてきた大工、左官、石工などを指揮して惜櫟荘を完成させた。

『建築世界』XXXVII巻第一号(昭和十八年一月刊行)に、新築なったばかりの惜櫟荘の写真紹介と短いコメントが載っている。そこに建築主(岩波茂雄)の設計に際しての注文が列挙してある。岩波自身の考えを知る上で貴重と思えるので、転載させてもらう。

一、指呼のうちに見える、大洋の青螺、初島を建物の真正面に眺めるため、方位を三十五度東に振て建てること。
二、居間はもちろん、浴室、便所、洗面所などの雑室にいたるまでいずれの部屋からも海が眺め得るよう平面計画を考慮すること。
三、厨房は付近にあるホテルを利用することにおいて最小限に止めること。
四、浴室の位置は、その浴槽に浸りながら寄せくる怒濤が巨巌を嚙むさまを眺め得るようなところを選ぶこと。

五、将来西の方角に多少でも増築し得るよう計画すること。
六、居間の外、廊下、便所、浴室、洗面所に至るまで、掃出しあるいは窓等の開口部は全部、障子、網戸、硝子戸、雨戸の四本建、乃至は三本建を原則とし、その構造は徹底的に壁に引込みとすること。
七、家全体から受ける感じを出来得るだけ簡粗にすること。

この残された文章の中に岩波茂雄の要望がすべて簡潔に記され、かつ実現されたことが惜櫟荘を見て理解できる。

戦時下、新築家屋三十坪の制限があっただけに吉田五十八も眼前に広がる相模灘と岩波の注文の数々をどう拮抗させるか、頭を悩ましたことだろう。それだけに素人目が見ても、建物自体に無駄なく景観との完璧の調和があった。

昭和三十二年四月二十八日発行の『週刊朝日』に、「人物双曲線」というコラムを発見した。そこで吉田五十八と丹下健三が自作を語り、また互いの作品を評し、貶し合っている。たとえば、丹下は吉田五十八の設計をどう思うか、と問われて、

「要するに、うまい。ディテール(細部)がね。もっとも全体を統一するテンション(緊張感)ということになると、話は別だが……」

と忌憚がない。

そのコラムで吉田は、会心作はないと答え、代表作品はと畳み込まれると、「それもないね」と答えた上で、現歌舞伎座、大阪の文楽座、松島ニューパークホテル、料亭では築地の新喜楽、金田中、住居やアトリエでは、玉堂、古径、清方、深水氏などがあるが、と自作を列挙し、最後に、

「一番、自分で好きなのは、熱海の旧岩波茂雄邸と、旧杵屋六左衛門邸……」

と明確に答えている。それだけ満足のいく出来だったのだろう。

手焼きのガラス窓越しに洋間から見る相模灘の光景は、吉田五十八の黄金比率というべき寸法に切り取られて、横長の額に嵌め込まれた櫟と松と海と空が一点一画の狂いもない。

景色の中心に初島が浮かび、観る人に初島を中心にしてこの空間が構成されたことを意識させた。

私はこの建物と景観が消えていくことを惜しんで惜櫟荘の番人になってはみたが、これをどう活用するか、どう社会に還元するかのアイデアはなかった。

戦前に建築された建物は岩波という出版文化の組織と資金に庇護されていたにも拘わらず、やはり目に見えないところが傷んでいた。そこで私は家族と話し合い、岩波茂雄と吉田五十八がイメージした建物へ修復しようと決心した。そのためには吉田五十八の

考えと技を直に知る建築家でなければならなかったし、このような修復に熟知した工務店でなければならなかった。

私どもは吉田のまな弟子の建築家板垣元彬《もとよし》と、三十数年前小規模な手入れをして惜櫟荘を承知していた水澤工務店の助力を得ることにした。板垣とは吉田デザインに沿って、

「なにも付け足さずなにも削らず」

という修復の基本路線を合意した。板垣と私の胸中には惜櫟荘の、

「七十年の歳月が加えた景色、古色」

は大事にすべきという考えがあった。

なにを感じ取ったか、滅多に花を咲かせないという文豪お手植えの竜舌蘭が花を咲かせて、枯れた。そして、熱海人気が復活した。私が望んだ寂れた熱海は忽然と掻き消えていた。

仕事場探し

二〇〇三年の初秋、娘と二人で仕事場を探しに熱海にきた。地図持参、不動産屋の広告を頼りに駅の裏手の山際から歩き回ったが、予想外に傾斜がきつく道を尋ねた郵便屋に、

「えっ、歩いて家探しですか」

と呆れられた。飼犬を連れての朝晩の散歩は欠かせない習慣であった。だが、この急傾斜では下りはよくても上がりは無理だと分かった。そこで海側に狙いを切り替えて不動産屋に願ってあちらこちらと探し歩いたが、なかなか気にいった場所も家もなかった。何度目の熱海行か。熱海じゅうの不動産屋をほぼ訪ね尽くして駅前で途方にくれた。

仕事場の条件として、海が見えることが唯一つの要望だった。だが、探して歩くうちに、ただ見えるというだけで感興をもよおさない海もあるというのが分った。

錦ヶ浦と伊豆山の二つの岬に抱かれた熱海湾、さらにその外に初島を浮かべた相模灘、

遠くに大島、真鶴半島や川奈の岬と、熱海の海は複雑な地形をなしていた。ために日出から日没へ光と潮の具合で海の景色が刻々と変化していった。

見る場所や角度や高低差などを問わなければ、熱海の町じゅうから相模灘は見えた。だが、ぴーんとくるひらめきがなかった。

物を創る人間にとってこのひらめきがあるかないか、大事な要件だった。

思案尽きた娘がどこで調べてきたか、湯河原の不動産屋を思い出し電話してみると、駅前でしばらく待ってくれ、車で迎えにいくと答えたそうな。半時間ばかり待つうちに四輪駆動車で乗り付けたのは若い青年だった。車に乗せられてものの六、七分、私たちの希望も話し終わらない内に現場に到着していた。

石畳と石垣の向こうに広がる海は私たちが渇望した景色だった。ところが案内された家がいけない。昔、繊維会社の保養所に使われていたとか。屋内からはほとんど海が見えなかったし、なにより小さく仕切られた家の間取りは暗く、湿気っぽく仕事場に適さなかった。わずかな時間そこにいるだけで憂鬱になった。

案内された家には触手が動かなかったが、石畳と海の織りなす景観は捨てがたいものだった。この界隈に他に出ものはないのかと青年に念を押すと、私の会社の物件ではないが鍵を借りてくるからと石畳で私たちは待たされた。

石垣の上から萩の花が咲きこぼれて、かあっとした初秋の陽射しが容赦なく私たちを射た。そんな陽射しの下、鳶が洋館の屋根で羽を休めていた。後に分かったことだが、この別荘地が売り出されたときからの一軒で、N証券会社の別荘だった。

青年が鍵を借りてきた相手は私たちが何度も訪ねた大手の不動産会社だった。汗みどろの娘と私が飛び込みで願ってもそうそう手の内を明かさないのが不動産屋と思い知らされた。

石畳から石段を上がると庭は鬱蒼と生い茂った木々で建物を隠していた。枝葉を透かして覗く建物の外観は潮風にうたれてたわみ、ベランダは傷んで床が抜けていた。最初の印象は決してよくない。だが、家の内部に通されたとき、感じが一変した。木造の二階建の造作はどっしりとしてなんの歪みもない。なによりこの家を造った施主の想い入れとそれに応えた職人の気骨と技がほぼ完全な状態で保たれて残っていた。そして、二階に上がり、ベランダから海を見せられたときの感動は今も忘れることはない。海が近くもなく遠くもなく、そして初島と大島を浮かべた相模灘が初秋のオレンジ色の光にきらきらと煌めいていた。この海ならば朝な夕なに違った貌を見せてくれるだろう。数日間の仕事場探しで得た知識だった。私の探し求めた、ひらめきの海だった。

「この家に決めた」

と即断した私を不動産屋の青年がこの人、大丈夫だろうかという顔で見返した。当然だろう。着古したジーンズにTシャツ、ローンを組む銀行が二の足を踏みそうな格好なのだから。だが、私の頭の中にはあの社から一作分の前借をして、別の社から二作分の前借をという計算が渦巻いていた。

その視線の先に隣家の屋根が見えた。惜櫟荘だった。だが、私はその建物がどのような来歴を持つか知る由もなかった。ただ、眼前の海に惚れて、金の工面をどうすればよいかを考えていた。

なぜ仕事場の条件として「海の見える地」を望んだのか。私が物心ついたのは八幡市折尾(現・北九州市八幡西区折尾)という町だった。玄界灘には小学校の遠足に出かけるほどの距離があった。幼い頃、海への思い入れが格別あったとも思えない。だが、スペインで闘牛の取材をしていた頃、母が、「豊後の大友宗麟配下の地下者《じげもん》で天正年間、薩摩に追われて肥後に逃げた一族」と知らせてきたことがあった。金の工面を願った折のことだ。先祖は武士の出、異国で恥ずかしい真似だけはするなと説喩する手紙に書かれていた言葉だ。

リアス式海岸の豊後は海の国だ。南蛮に憧れを抱いたキリシタン大名の大友宗麟が活躍した地だ。

後年、時代小説を書くようになった時、私は豊後を迷うことなく物語の舞台に選んだ。スペインに憧れたのも宗麟が夢半ばして潰えた野望を思うてか。また海を想う気持ちも先祖が海の民の豊後者だからか。ともかく私の体内にも豊後者の血が流れていて海に憧憬を抱いたのだとかってに考えている。

私が海の見える仕事場を手に入れたのは時代小説文庫書下ろしという独特な出版スタイルで四十数冊を出版し、なんとか物書きとして生き残れそうだと目処が立った頃だった。前年の夏に「居眠り磐音　江戸双紙」というシリーズを立ち上げ、六巻目の『雨降ノ山』を出して軌道に乗った頃のことだ。それが六、七年後にシリーズ累計で一千万部を超えようなんて夢想もしなかった。ともあれ、数社からの前借りと東京のマンションを担保にしてローンを組み、仕事場を得た。

この熱海を仕事場にして初めて書いた時代小説は、『酔いどれ小籐次留書　御鑓拝借』であったと思う。

戦前分譲された別荘地は十四軒、温泉の口数は二十三だ。そのうち版元(岩波書店)、証券会社を始め、戦前からの所有者が四軒残っていて、温泉クラブを中心的に主導し、保守していた。

石畳は国道一三五号から下ったところから始まり、ビーチラインに突き当たって、証券会社の別荘の前でぐるりと回って国道に戻るしか出口はない。崖地に発達した熱海、伊豆山地区ならではの典型的な立地で、土地の住人もあまり知らない地域だった。

石畳の入口には伊豆山十二号泉のコンクリートタンクがあって、昔は海際の源泉から一番高い場所まで湯を揚げてそこから下へと配給するシステムだったが、今ではポンプの圧力で一気に揚げるのでタンクは必要ない。使われなくなったタンクは今も海軍御用達だったという水光荘の三階建の建物と寄り添ってある。もはや旅館も廃業し、主の海軍さんは窓から首を突き出して石畳に入ってくる人を終日監視していた。だから、不審者や見知らぬ車が紛れ込めば直ぐに分かる。セコム要らずの監視所だったが、その海軍さんは二年前に亡くなった。

私は七〇年代の初め、スペインのアンダルシアのアスナルカサ村に住んで闘牛の取材をしていた。セビリア郊外のこの村もまた鍵要らず、村人全員が知り合いという名の監視要員で治安に苦労したことなどなかった。フランコ独裁政権下の話だ。

この石畳地区もまた住人(もしくは管理人)の大半が年寄りで暇を持て余していたから、余所者が入ってくれば直ぐに知らせが入った。時に人間だけではなく、

「先生、猿が来たら、窓閉めるら!」

隣家の某寺管理人が大声を張り上げて教えてくれた。

熱海ホテルの広大な跡地には狸、ハクビシンも住んでいるという話で、私がこの地に引っ越して数年後、ある企業がリゾートエステなる施設を造るというので敷地の木や草を刈った。そのとき、鬱蒼とした林に棲んでいた動物が大挙して石畳を移動してきた。

夜行性の動物は姿を見せなかったが、蛇嫌いの私は蛇の出現に閉口した。

話好きはアスナルカサ村も石畳別荘地も変わりない。新聞屋もガスの検針人も私らを見れば長々お喋りしていく。だからどこの老舗旅館が代替わりするか、蕎麦屋の亭主が若い妾を持って家内が揉めているか、私たちは知ることになった。

人柄のよさが伊豆人の特性であり、いささか無責任な噂好きであった。

二〇〇四年、初めて新年を熱海で過ごした。

初日の出はきらきらと煌めく海を背景に惜櫟荘の老松の間から昇ってきた。

わが仕事場は不幸な経歴の家だった。

戦前からの土地所有者の一人が平成の初めに家を建て替えることを思い付き、地下付き二階建を完成させた。だが、完成後二年も持ち切らないままに不動産屋の手に渡っていた。私たちが入手したとき新築から十年を経ていたが、継続して家を使用した痕跡はまったくなかった。

私たちは潮風に傷んだ外壁などを少しずつ手入れして住み易いように改築した。

一番私を喜ばしたのは庭の隅に立てられた特製の電柱だ。そこには風力計、湿度計、気圧計、気温計、雨量計などかなり高度な観測機器が設けられていて、二階の居間の壁にはめ込まれたデジタル画面に刻々と変化するデータが表示され、数秒ごとに気象データがプリントアウトされる仕組みだった。

おそらくもとの持ち主はこの二階から海を見ながら、刻々変化する気象情報を得て想像力を掻き立て、外界に自らの魂と体を浮遊させていたのではなかろうか。

私は地方の測候所並みの観測設備の数値の変化を見ながら相模灘の変わりゆく様を楽しむことになり、彼の意志を継いだ。

鮑と文庫

この地に住み始めてどれほど経ったときか。夕暮れ前、飼い犬のビダと私は散歩に石畳を下った。伊豆山十二号泉の揚湯機のパイプから湯温六十七、八度の湯気が上がっていた。源泉の敷地と機械室とトタン葺きの家を温泉クラブの組合員十二軒で共有していた。

版元の敷地に水仙の花が咲いて風に揺れていた。

証券と版元の間を石畳から熱海ビーチラインに向かって短い市道が通っている。ビーチラインの先は海、行き止まりの道だ。飼い犬がそちらに向かっていったので私もついていくと、男三人がウェットスーツを脱いでいた。その前に網袋があって大量の鮑とさざえが入っていた。

三人が顔を上げて一瞬身を竦めた。

「よう採れましたね」

と私は話しかけて飼い犬の名を呼び、石畳に戻りかけた。

「だ、旦那」

と男の一人が脱ぎかけたウェットスーツ姿に裸足のまま両手いっぱいのさざえを差し出した。

「えっ、僕にくれるの。ほんとにいいの、折角採ったのに悪いね」

「いえね、世話になってますから」

噛み合わない会話をしながら私の手は思わずさざえに伸びていた。するともう一人の男が鮑をいくつか、これもと差し出した。私は単純に、

「なんて熱海の人は親切なんだろう」

と考えながら、笑みを浮かべた顔を深々と下げると家に戻った。戦利品を入手した曰くを家人に伝えると、

「馬鹿ね、その人たち、密漁者よ」

と言われた。慌てて石畳を眺め下ろすと三人を乗せた車が物凄いスピードで坂上に上がっていった。隣家の管理人夫婦に始末を尋ねると、

「そりゃ、先生、食うて証拠を隠滅するら」

と知恵を授けてくれた。むろん私たちはその忠告に有り難く従った。

惜櫟荘の前の海は沖根と呼ぶ岩場が隆起していて、潮が引いたときなど岩場の頂きが

海面上にぷかぷかと覗いていた。この海域は魚や鮑やさざえがよく採れるそうな。

朝四時起きの私がまず目にするのが暗闇の沖根付近の界隈で魚をとる漁船の灯りだ。

岩波淳子は、岩波雄二郎との新婚旅行に熱海の惜櫟荘に来た。昭和二十三年のことだ。

朝目覚めてみると惜櫟荘下の海からひゅーっという海女の息継ぎの音が潮騒の間から聞こえてきたという。海女の技術が熱海に伝播したのは伊勢の海女の出稼ぎからだ。今もその技を伝承する海女が伊豆山漁港に数人いて、後継ぎも育っている。

ともあれ惜櫟荘下の沖根は豊饒の海だった。この海で採れる鮑やさざえは、謝罪の証にしばしば使われる。十二軒で共同所有する伊豆山十二号泉の湯守りの兄《あん》ちゃんは、道楽のパチンコで負けが込んで、コンプレッサーに使う高濃度オイルを買う余裕がなくなり、世話人に前借りを申し出る勇気も出ぬままに山籠りして姿を隠す。そうなると隣家の管理人の出番だ。バイクに跨り、山の機材小屋を目指す。大概小屋に隠れているところを見つけ出され、湯守りの小屋に連れ戻される。隣家の管理人に知恵を付けられたか、うちに詫びにきた。

私が門を開けると兄ちゃんが顔を伏せ、掌に黒く蠢くものを捧げ持って黙って差し出す。

「こりゃ、なんだ」

鮑ですとも答えない。ただ顔を伏せたまま二つも三つも絡み合った鮑を差し出す。

古《いにしえ》どこぞの国では貝殻が貨幣の代りをしていたというから豆州も鮑が詫びのしるし、小判代りかもしれない。もはや、

「精々御用を勤めよ」

と述べるしかない。すると兄ちゃんは、

「ははあっ」

とも答えず顔を伏せたまま引き下がり、謝罪の儀式は終わる。

二〇〇四年、私は東京のマンションと熱海の仕事場をほぼ二十日から一月おきに往来しながら時代小説を書き継いでいた。前年が年間十三冊書下ろし、この年が十四冊、翌二〇〇五年も十四冊、尋常ではない。だが、量産しないと生き残れない厳しい出版状況が到来していた。時代ものに活路を見出そうとしたとき、私に残されていたのは時代小説文庫書下ろしという最後の手段だった。むろん大出版社や格式高い出版社は文庫書下ろしなど見向きもしなかった。だが、中堅以下の版元はもはやなり振りを構っていられないほど活字離れが進行し、出版物の売れ行きが落ちていた。

そもそも文庫とはどのような形態か。

一九二七年、岩波書店が古典の普及を目的に廉価小型本、つまり文庫を出版したのが嚆矢とされる。円本ブームの反動で第一次文庫ブーム、改造社、春陽堂、新潮社が文庫

に参入した。第二次文庫ブームは一九四九年から五二年で角川文庫、現代教養文庫、市民文庫などがあった。第三次の文庫ブームは一九七一年から七三年にかけてで、講談社文庫、中公文庫、文春文庫が、のちに集英社文庫が参戦した。

私はこの第三次文庫ブームの余波が作家を潤す光景を遠くスペインの地で垣間見た。

当時、堀田善衞夫婦がグラナダのサクロモンテの丘の斜面のマンションに住んでいて、写真家の私は運転手兼小間使いで居候していた。そこへ新しく参入した出版社が堀田の旧作を文庫化するために競って編集者を送り込んでいた。そんな日々、堀田夫人がレース編みをしながら、

「佐伯、作家という者はね、文庫化されてようやく一人前、生涯食いっぱぐれがないものなんだよ」

としみじみ、そして、誇らしげに呟かれた言葉を今も思い出す。むろん『広場の孤独』で芥川賞作家の仲間入りした堀田は老舗文庫に名を連ねていた。

その当時、文庫は古典という認識が確固としてあったのだろう。

売れっ子作家は雑誌連載してハードカバーに纏め、さらに数年後、あるいは十数年後、読者と識者の厳しい目に曝され、価値を認められた本が古典として文庫化されるのだ。堀田夫人の誇らしげな呟きはそのことを裏付けていた。

その後も文庫ブームは到来する。

第四次文庫ブームが一九八四年から翌年あたりまで。このブームに光文社、徳間書店、筑摩書房、ＫＫベストセラーズ、祥伝社、福武書店などが加わった。さらに第五次文庫ブームは一九九六年から七年にかけてだ。幻冬舎文庫、ハルキ文庫、小学館文庫がある。期待されない読み物作家の私が書下ろしで文庫の舞台を得たのは、主に第四次、第五次ブームの中堅出版社だった。

第四次から第五次にかけてはノベルスブームが凋落期に入るころと重なる。おそらくノベルスに代わるなにかを中堅出版社は探していたのであろう。文庫書下ろしは一発勝負、売れない作家にとっては最後のチャンスだ。もはや逃げ場がない。

もはや文庫とは名ばかり、古典でも名作でもない、とは言い過ぎか。

一九九九年には時代小説書下ろしを三冊上梓し、祥伝社の『密命　寒月霞斬り』が重版したおかげで首の皮一枚で出版界に生き残った。その当時の担当編集者に、

「累計三万になれば次の注文がくるよ。五万だと昔の十万、ベストセラーの仲間入りだ」

と鼓舞された。が、そんな目処はどこにもなかった。ほとんど飛び込みで時代小説を文庫化してくれませんかと出版社を訪ね回った。ある老舗の編集者が私の企てに理解を示したが、企画会議に上げたところ、重役に、

「おれの目の黒いうちは文庫書下ろしなんぞ絶対にさせない」

一喝されて私の望みはあわれ霧散した。

コミックもいつの間にか盛りを過ぎて、さらに活字離れが進行し、文庫書下ろしに参入してくる作家やシナリオライターが増えていった。特に時代小説の分野が顕著だった。時代小説を書下ろしで執筆し始めた当初、私の一作分は原稿枚数で五百枚を超え、中には七百枚という小説もあった。

「書き方しらないな、この一作で三冊分の素材が詰まっているよ」

それを読んだ編集者氏が嘲笑った。その程度の文庫書下ろし観だ、最初から文庫書下ろしと心中する覚悟などあるわけもない。それが証拠に時代小説二作目は角川春樹事務所から出版されたハードカバーの『瑠璃の寺』と心が揺れている。だが、この企てはすぐに数字に反映されて、哀れ一冊だけで終わった。

私が文庫書下ろし時代小説に殉じようとした切っ掛けは、「密命」四作目の『刺客』(二〇〇一年一月刊、祥伝社)の出版直後と思う。シリーズもなんとか巻を重ねて、初版部数は二万五千部と微増していた。五冊目を前に編集者氏から新たなシリーズを立ち上げてそちらに移行しませんかという打診がきた。剣豪小説としては親子の関わりや家族の風景描写に力を入れすぎているという指摘だ。四冊までの校正を振り返っても編集者が朱をいれてくるのはそんな情景だから、なんとなく察しはついていた。おそらく編集者は八〇年代の、血が迸り、官能的な情景をふんだんに盛り込んだ刺激的な時代小説を頭に描いていたのだと思う。私は路線変更を拒んだ。九〇年代に入り吹く風が変わってきた。時代小説の読者の大半が五十代以上、それも男性だった。その働き盛りの日本人が自信を喪失し、居場所を失っていた。そんな読者に八〇年代の時代小説は過激すぎたし、私の好みにも合わなかった。

「密命」は、七作目の『初陣』あたりから明らかに変わった。初版部数が三万部を超えて、増刷の間隔も狭まり、十巻の『遺恨』で五万部を超えた。

私は文庫書下ろしというスタイルをつらぬくと腹を固めた。読者の反応をただ一つの目安に余所見をしないことにした。ともかく作品(商品)を量産することが、出版界に生き残るただ一つの方法だと、動物的本能で悟っていた。

ティオ・玲二

売れない作家ほど動物的な勘は冴え渡り、研ぎ澄まされる(ような気がする)。常に精神的、物質的な飢えに苛まれているのだから。

私なりの時代小説のスタイルを確立したのは「居眠り磐音 江戸双紙」シリーズを始めた二〇〇二年あたりかと思う。五章だて一章四節、これだと二十節で一作が完結し、一日に一節を書き継いでいけば二十日で脱稿する計算になる。一節が四百字詰め原稿用紙で十八枚から二十枚だから一作の分量はおよそ三百六、七十枚から四百枚だ。

ともかく一章の起承転結を考えつつ一日一節を書く。日曜日も祭日もない、盆も暮れも書く。多作の秘訣とはただそれだけだ。

仕事場を熱海に設けたことによって年中無休の量産体制が確立した。

私が写真家時代にお付き合いを願い、取材に同行した作家に堀田善衞、詩人田村隆一、英文学者の永川玲二らがいる。このお三方は個性も際立っていたし、独特のライフ・スタイルと執筆スタイルをお持ちだった。

私は漠然と作家がどのように取材対象に対して接触し、行動するものかをこの方々から教わった。どのように思考する人間か教わったと書きたいが、そのような手の内は簡単には明かさなかった。

最初に知り合った物書きは永川玲二だった。スペインのセビリアの団地の一室に住まいしていた永川玲二を私たち一家が訪ねたのは一九七三年の二月であった。

永川は一九二八年に鳥取県米子に生まれ、東京都立大学の助教授を退官して一九七〇年からセビリアに居を移していた。ポルトガルの大詩人カモンイシュの伝記を書くためのスペイン滞在であったと聞く。私たち一家が出会った時、永川は四十五歳だったことになる。

その当時、セビリア界隈に日本人がほとんど住んでいないこともあって、家族同然の付き合いが始まった。

後年、永川玲二は、

「Tio Reiji(ティオ・玲二)」

の愛称でスペインでも日本でも呼ばれたが、この叔父《ティオ》は物心ついた私の娘が「玲二おじさん」と呼ぶことから広まったものだった。

英文学者としての永川には多くの訳書があった。グレアム・グリーン、ジェイムズ・

ジョイス、アラン・シリトー、エミリー・ブロンテなどの訳書が次々に世界文学全集や選集に入って、永川玲二のスペイン滞在二十数年を支えることになる。当時の出版界は余裕があったし、黄金時代と呼んでもよかったのかもしれない。

永川は私にとってスペイン暮らしの師匠であった。私たちが出会った頃、永川が読売新聞にコラムを寄せている(一九七六年六月九日夕刊)。引用させて頂く。

「セビーリャに住みついてから二年目の春だったろうか。ある朝ぼくは夢うつつに、自分がいま広島市大手町のわが家にいると感じながら目をさました。どうも勝手がちがう。あの古ぼけた杉天井も、砂壁も襖も障子もない。まわりじゅう冷えびえとした白一色の漆喰だけ。隣近所の子供たちはどうやらスペイン語で叫んでいる。そうか、ここはセビーリャのアパートだったかと納得して、もういちど眠ろうとしたとき、遠くのほうで甲高い呼び売りの声がひびいた。「ヤッキイモー」……」

永川のこの随筆に書かれた出来事は、一九七三年春のことだと推測される。まさしく私たち一家と永川玲二はこの年の二月にセビリアのアパート、中庭の大声で談笑する住人の声がよく響く団地で初対面を済ませていた。

この随筆の後段は七月のパンプロナでの闘牛祭へと展開する。私たち一家と永川らグループはアルガ河の河原でキャンプをしながら、闘牛祭の八日間を過ごした。永川の人物の片鱗に触れたのはこのキャンプ場の日々が初めてだった。

永川は一言でいえばボヘミアン、ヒッピー、日本人にしてロマ（ジプシー）、話好きの自由人だった。なにしろ博覧強記、あらゆる知識が豊かで聞く人を飽きさせない。訥々とした英語、スペイン語、日本語、時にフランス語を駆使して議論は夜を徹して明け方にまで及ぶ。相手は闘牛祭を見物にきた外国人学者あり日本人旅行者あり、議論が白熱して殴り合いの喧嘩になることも珍しいことではなかった。だが、闘牛の取材写真家の朝は早く、騒ぎの起きる頃には一家でテントに寝込んでいて、深夜の大立ち回りを大体見逃した。

翌朝、焚火の周りに鍋釜が転がり、ワインの空き瓶が乱立しているときは、大体揉め事、大騒ぎの痕跡だった。

以来、永川の死の時まで断続的に二十年ほどの付き合いがあったか。私はこの永川から文章の手解きを受けた。今も覚えている言葉がある。

「原稿用紙でもいい、初校ゲラでもいい。一見して黒っぽく感じたら、こなれた文章ではないということだ」

つまり辞書を引いてまで漢字を多用するな、文章は平易が極意、普段用いない漢字の多用は避けよ、ついでに文章は形容詞から古びていく、最小限度にせよというのだ。それはシリトーからジョイスの文体を熟知した永川だから言える言葉で、写真も文章もまだ一枚として出版化されていない自称写真家には戸惑いを覚える教えだった。ただ、褒め上手の永川玲二にのせられて文章に絵に写真に挑戦した人間は私ばかりではない、数えきれないほどいたろう。

話上手、褒め上手が文章上手かといえば、ちょっと違うような気がする。格別に永川玲二の場合は。

当時のアンダルシアの村の暮らしは、日本人にとって実に気儘で快適だった。フランコ独裁政権末期のこと、スペインの政治に介入しなければという条件付きだが。一方、緩やかな国際孤立を続ける社会は情報と物資が不足していた。

わが村のインフラは水、電気、ガス(ボンベの)だけだった。そして、わが借家は風呂なし、トイレなしだった。

アンダルシアといえども十二月前後は寒い。そこで夕暮れ、どの家も薪を燃やして熾き火を造り、テーブルの下に中華鍋ごとき器に熾き火をおいて椅子式炬燵で暖をとる。炭を買う余裕がない私も、夕暮れになると堅木のオリーブを燃やして熾き火を造った。ところがオリーブに火を点ける紙がない。

セビリア暮らしの永川に相談すると書き損じの原稿用紙をくれた。

私はその冬、永川の『偽書わが輩はワーゲンである』の原稿の書き損じでオリーブに火を点けながら、ペラ三、四枚の冒頭部分を何十回読んだか。ワーゲンとは永川が所有していたおんぼろバンで、運転の出来ない永川は常に運転免許証持ちの旅行者を同居させていた。このワーゲンを駆ってイベリア半島からヨーロッパじゅうを旅していたのだ。

ワーゲンを擬人化して夏目漱石ばりの小説を書く構想は、パンプロナなどの炉端談義で何度となく聞かされていて、実に面白かった。が、文章となると、急に談話の面白さを欠いてしまっていた。そのことをだれよりも承知していた永川は一字一句完璧に書こうとしてつっかえ、物語が先に展開しないのだ。

後年小説を書き始めた私は最後まで一気に書くということを、永川を反面教師にして覚えた。気に入らなければ書き直せばいい。それでも駄目なら捨てる覚悟をするだけのことだ。この執筆スタイルはワープロ書きに合う、ツールが文体を変えたと思う。

原稿用紙に肉筆では最初から完璧を目指すしか方策がなかったのかもしれない。冒険小説を書き始めた当初、永川に漢字を減らせ、形容詞を少なく、と随分注意を受けたが、結局私は永川玲二の忠実な弟子たり得なかった。劣等感のなせる業か、私の文章は漢字が多い、ついでに形容句も。


二〇〇八年春の頃、私は東京の自宅マンションから事務業務を切り離す心積もりでマンションを探していた。都心の中古マンションをと考えていたので、建築家奥村理絵に購入前から相談にのってもらっていた。

そんな最中に惜櫟荘の入手話だ。二つのプロジェクトは同時に出来ない。私と家族は優先順位を惜櫟荘に置いた。惜櫟荘は開発業者に渡れば解体されて、二度とこの世に存在しなくなる。一方、中古のマンションなんて縁(と金)があればいくらもある。そこで事務所用のマンションを諦め、その資金を惜櫟荘購入の資金の一部にあてることにした。また不足の資金調達を銀行に依頼した。そして、奥村に中古マンション購入を延期したことを正直に告げて、惜櫟荘保存に協力してくれないかと新たに願った。

幸いしたのは、奥村が東京芸術大学建築科大学院の卒業生であり、この大学で教鞭をとった吉田五十八の直接の弟子筋を承知していたことだ。たちまち吉田のまな弟子だった板垣元彬(建築家)と連絡がとれ、さらに一九七一年に惜櫟荘を改装したのが水澤工務店であり、その時のスタッフの一人が水澤の顧問を務める高野栄造ということも分かった。

吉田五十八の薫陶を受けた板垣、そして、吉田に可愛がられ、多くの建築現場で一緒に働いた高野の存在は、今後の惜櫟荘修復保存に欠かせぬ人材だと私たちは考えた。

二〇〇八年秋、当時の惜櫟荘を見学する会が熱海で催された。

出席者は板垣、高野、水澤工務店から営業課長の安田忠雄、奥村ら八、九人が集まったか。こうなると現場を知る高野の独壇場で、惜櫟荘の素材から工法まで隠された秘密を次々に講義して、若い出席者たちを感動させた。一方番人を宣言した私は高野の説明を万分の一も理解したとはいえなかった。

惜櫟荘の凄みは実に映像的な建物ということだ。素人でも一目見れば丹精、簡潔、気品ある普請のよさが理解できることだった。

この集まりの中で私の気持ちは

「修復保存」

に固まった。

五十八の原図

平成二十年(二〇〇八)の内に熱海で何度か会合が持たれた。修復を監督する建築家の板垣元彬、修復作業を実際に担当する水澤工務店、そして施主の佐伯家の三者会談が繰り返され、私たちは板垣と水澤工務店の両者から、建物の修復がいかなるものかを少しずつ学んでいった。

惜櫟荘の上棟は昭和十五年(一九四〇)十月二十七日、完成は翌年九月だ。建築時が戦中ということもあり、資材は不足がちだったが、岩波茂雄は日本国内に残っていた石材、木材を集め、吉田五十八が京都から職人を呼んで最高の普請をなした。が、以来七十年近い歳月が流れ、その間には小規模な修理が一度なされただけだった。

昭和四十六年、水澤工務店が引き受けた仕事だ。

この間、伊豆地方を地震が何度か襲い、建物の東側にマンションが何棟か建築されたこともあって、惜櫟荘東側の地盤には大きな影響があると思われた。視認でも東北側の建物の壁と塀にひび割れが生じていた。

現況を知るために、まず建築当時の設計原図を捜すことになった。吉田五十八の死後、事務所が閉鎖されたこともあって、手掛かりを東京芸大建築学科に求めた。その結果、吉田の息遣いを残した原図(スケッチ)がわずか二十二枚だけだが見つかった。だが、二十二枚のスケッチではなんとも致し方ない。

板垣と水澤工務店と話し合い、現況の惜櫟荘から実測図を起こし直す作業に取り掛かることにした。本格的な修復に先立つ実測図起こしは、平成二十年の十一月下旬から翌春にかけての寒中に、スタッフ四、五人によって窓の金具から戸車に至るまで原寸大で起こす作業が続けられた。この作業過程で床下と天井裏にカメラを入れて、現況を出来るだけ正確に把握することにした。むろんリシン掻落し壁や分厚い戸袋を壊したわけではないので、壁の内側などがどうなっているかなど分からない部分が残った。それでも日本間の戸襖などいくつかの秘密が解明された。

この戸、玄関側からみると板戸だが、内側の控え座敷では襖と、リバーシブルになっている。板戸の上に襖紙を張ったわけではなく、板戸より幾分小さめの襖を上の桟から落としこんであるそうな。なぜそのように面倒なことを吉田五十八はなしたのか。

水澤工務店の顧問の高野栄造は、

「板戸にいきなり襖紙を張っては襖の柔らかさが出ますまい。そこで吉田先生はわざわざこのような複雑な細工を建具屋に命じて、板戸と襖のニュアンスの違いを出したんですよ」

と推量して答えたものだ。

このような細工は諸処方々に見られた。また、わずか三十坪の家に玄関脇、居間、日本間と呼鈴が隠されてあったりした。それがなんともお茶目心と悪戯心が旺盛で愛らしいのだ。この呼鈴、なんとか修復で残すことにした。

圧巻は窓の開口部、そしてすべての戸を引きこむ戸袋の存在だ。これこそが岩波茂雄と吉田五十八を出合わせたものだった。

当初岩波茂雄は、惜櫟荘建築を熱海ホテルを設計した山田馨に依頼した。さらに建築家堀口捨己にも相談して、敷地内の崖地をぐるりと半周した北側に玄関を設けるアイデアを選択していた。そして、施工は清水組に決まり、設計図が完成したころ、岩波茂雄は考えを変えた。

築地の料亭錦水で見た雨戸、ガラス戸、障子のすべてを戸袋に仕舞い込み、部屋と外の空気を一体化する開口部を創案した建築家吉田五十八に興味を持ったのだ。岩波はいくつかの吉田作品を見た後、清水組に話して施工依頼の解約を願い、清水組も快諾したという。

吉田の開口部アイデアは、この惜櫟荘で完成を見たのかもしれない。

開け放たれた窓越しに見る櫟と松の庭、そして、海の真ん中に初島を配した相模灘、この絶景は雨戸、網戸、ガラス戸、障子、それぞれ三枚計十二枚の戸をすべて戸袋に仕舞うことで創られた開口部＝額が醸し出す壮大な「絵」だった。

四組十二枚の戸を走らせるために敷居が広くとられ、それがまた建物のアクセントになっていた。この厚みのある開口部を巨大な桁が支えているのは解体工事の後に分かった。

吉田魔術を「十二単《ひとえ》」と雅な言葉で表現したのはだれだろう。

平成二十一年春に現況実測図が完成した。これで後年惜櫟荘の復元を望む者がでてきたとしたらコピー出来ることになったわけだ。

この実測図造りで判明したことがある。建物全体は建築年数に比して意外と原形を保っていた。だが、床下の基礎コンクリートと土台が予想外に傷んでいた。戦中、粗悪なコンクリートしか残っていなかったのが原因か。ともあれ実測図が出来た今、次なる過程はボーリング調査だった。

ボーリングは建物の海側三カ所、玄関前の石畳一カ所の計四カ所にわたった。

この作業には初夏まで時間を要したか。やはり東側の地盤が弱いことが判明し、地盤

洋間から相模湾を望む．右が初代の椳

構造をどうするかが、次のテーマに浮かび上がってきた。

静岡県は東海地震を想定して、厳しい建築基準を設けていた。特に熱海は相模灘から箱根の山に向かっての勾配地、崖地の町だ。通称崖条例というのがあって、家を建てるとき、土地の底辺から三十度ライン内に基礎工事を設ける必要があった。これには新築建築費用に匹敵するような資金を要し、時間もかかった。熱海の新築工事はなかなか建築申請の許可が下りないという噂もあった。

惜櫟荘は戦前の建築物、当時の条例では「新築三十坪」までという制限があっただけだ。この建物を完全修復して元の位置に戻す普請は新築扱いになる。頑強な地盤工事を行う要があった。

会議は新築扱いの完全修復を諦めて、リフォームでの修復にするかどうかで揺れた。だが、私自身、決心は固かった。

惜櫟荘の修復目的はただ単に保存ではない。

吉田五十八の建築のアイデアと技を詳しく記録して後世に残すべきと考えていたからだ。家全体をジャッキアップして土台を強化し、視認できる範囲で修復して再び建物を土台に下ろすリフォーム工事では意味がない。また水澤工務店も熱海の台風シーズンを考えると、一・五メートルのジャッキアップは惜櫟荘の崩壊につながり、危険すぎるとの結論を導き出していた。

一度解体して瓦も柱も床も壁も石も一旦素材に戻して、補修すべき個所を埋木などして組み立て直す完全修復しかない。この作業を経てようやく吉田五十八の「秘密」の全貌が見えてくるのだ。そこで板垣と水澤工務店とも話し合い、完全修復案が選択された。

続いて板垣は修復のための設計図作製作業に移った。

素人の施主は現況実測図さえあれば、もうそれで解体作業に移れるとばかり考えていたが、いくら、

「付け足さず付け加えず」

が基本でも、排水設備、電気設備、空調設備、機械警備設備、材料の再使用が不可能な個所の素材の選択と調達(風呂場で使われていた石などもはや調達不能のものなどがあ

り、吉田五十八が選んだ素材に近いものを選んで)、そしてそれらを設計図に描き込む作業が必要だった。また機械警備設備は建築当時の発想にはなかったが、この惜櫟荘を保存していくためには不可欠な事項だった。

ご時勢か、湘南地区で吉田五十八がリフォームに関わった吉田茂邸などで不審火が相次ぎ、貴重な建築物の焼失が相次いでいて、私たちの不安を募らせていた。そこで板垣に警備設備の要望を願っていた。

三十坪の建物だが、崖条例をクリアすることを始め、いくつもの難関があって板垣の修復のための設計図作りは難航した。

そこで私は惜櫟荘の敷地下、熱海ビーチラインに面した五百数十坪の整備を並行して進める作業を始めた。

岩波茂雄の惜櫟荘は崖地に残っていた一口二百数十坪を購入して建てられたものだ。しかし、私どもが譲り受けたとき、八筆に分かれた敷地は八百数十坪に増えていた。敷地が増えた理由は、まず惜櫟荘の西北側に隣接したT家(現佐伯家)の一部が岩波によって買い増しされ、さらには惜櫟荘の崖下、熱海ビーチラインに接する海岸べりが岩波敷地に組み入れられたためだ。

T家の一部は大勢の訪問客を接待する書店員が待機する岩波別棟(二階建五十平米)を建築するために買い増しされたようだ。昭和十九年のことだ。また海岸べりの土地がいつ購入されたかは、判然としなかった。ただしこの土地の役割は推測がついた。

惜櫟荘から眺める景色を別の建物で遮られないために、「捨て地」として購入したのだ。捨て地の東側に「岩波保養所」と称する一軒家がある。T家から購入した土地に建てられた別棟は数年を経ずして壊された。ために編集者の待機場所として捨て地の一角に新たに岩波保養所と称する家が建てられたのだ。

惜櫟荘修復の期間、佐伯家の隣地を解体した資材置き場として、また「捨て地」を水澤工務店の詰め所に決めた。そのための整備を始めた。

惜櫟荘解体

平成二十二年(二〇一〇)春、天候が不順で落ち着かなかった。春らしい陽気が一日二日続いたと思うと冬の寒さに逆戻りし、雨がまたよく降った。三月下旬になって熱海の海岸地区に珍しくも雪が舞った。

朝の犬の散歩の折のことだ。時刻は六時前、まだ薄暗い。

異変に驚いたか、旧熱海ホテルの跡地から小狸が姿を見せて、温泉を通す鉄管の上に跨り、暖をとる光景に遭遇した。この小狸、足を怪我しており、それを知ったカラスが攻撃を仕掛ける気配に市役所の担当部署を呼んで保護してもらった。

そんな寒さと雨が交互に続く四月十二日、惜櫟荘の修復工事起工式が執り行われた。伊豆山神社の原口尚文宮司に願い、設計監督の板垣元彬、構造設計の梅澤良三、水澤工務店の水澤孝彦社長以下担当者、水澤工務店の顧問だった高野栄造、それに来賓として岩波書店の山口昭男社長、小松代和夫取締役、それに施主の佐伯泰英と家族の順子、朝彩子と、こぢんまりした起工式であった。その翌日から惜櫟荘の解体工事が始まった。

解体した惜櫟荘の建材を確保する場所としてわが家の庭の一部が候補地に上がった。惜櫟荘は崖地に建っていたために敷地内に平地を確保できなかった。そこでわが庭、老犬のオシッコ場が選ばれたのだ。また解体した建材は出来るだけ惜櫟荘と同じ気候条件で保管したいという板垣と水澤工務店の要望もあった。

惜櫟荘とわが敷地の間には高低差が六、七メートルある。低い惜櫟荘側に、わが庭と同じ高さにパイプで足場を組んで、ばらした石材、床材、石、壁土、瓦、柱、梁などを運ぶ手筈が整えられることになった。同時に並行して惜櫟荘敷地内にあった「女中小部屋」と呼ばれていた住込みの女衆の別棟が壊され始めた。この女中小部屋は吉田五十八デザインに関わりないということで、修復プランには入っていない。その代わり、女中小部屋の屋根の上を覆っていた葡萄棚は、修復時には再現されることになった。

惜櫟荘の名の謂れになった初代櫟と二代目の櫟は、二重の竹矢来で囲まれ、哀れ一年有余の幽閉の身(?)となった。

石垣に沿ってパイプ櫓が組み立てられ、資材の搬入、廃材の搬出に利用されることになり、石畳からのわが家の石段はパイプ櫓で覆われた。そして、オシッコ場の楠、梅、石榴などの樹木はわが家の一角に移植されて、緑の壁ができた。ために老犬は緑の下をかい潜ってオシッコ場にいくことになったが、数日もすると三十坪ほどのパイプ、トタン屋根の小屋が出来上がり、さらには残った芝生の庭にも足場板が敷き詰められて作業場になった。さらに段差を利用してパイプが惜櫟荘側に伸ばされていき、屋根へと届いた。

惜櫟荘では最初に洋間の床板が剝がされていった。矢筈《やはず》貼りに組まれたチーク材が一枚一枚丁寧に剝がされて、ナンバリングされていった。さらに吉田五十八デザインの応接セット、文机などの修理を高島屋に頼むことになり、搬出作業が並行して行われ、各部屋の照明器具が取り外された。これらの照明器具もすべて五十八の手になったもので、この際、すべて手入れされることになった。

惜櫟荘の玄関から各部屋に通じる鉤型の廊下は京都向日町の敷瓦を敷き詰めたもので、固く焼かれた瓦の端々が何箇所も欠けていた。それは惜櫟荘の戦後の歴史を物語る痕だった。

石畳地区の入口にあった熱海ホテルは戦後ＧＨＱに接収されて進駐軍将校らのリゾートホテルとして使われた。その折、熱海ホテルの周辺の別荘も強制的に借り上げられ、惜櫟荘にも佐官クラスの米軍一家が住んだとか、靴のまま部屋に出入りしたせいで瓦の一部が欠けたのだ。ちなみにその接収期間は昭和二十二年（一九四七）五月三十一日より二年後の昭和二十四年七月二十九日までだ。

この瓦を一枚一枚丁寧に剝がす作業は慎重を極めた。すると瓦の後ろから波模様の意

匠と一緒に、

「京都大佛　村尾製」「京三　京都特選」

の二種類の刻印が現れた。その昔、京の一角向日町に大佛瓦と称する瓦の窯元が何軒もあったとか。廊下の敷瓦も村尾製だ。

小林勇が書いた『惜櫟荘主人――一つの岩波茂雄伝』の中に、「瓦は三州で特別に焼かせ」とあったので床材の瓦も屋根瓦も三州産かと思っていたが、京都大佛瓦だった。

永川玲二から教わったのは生き方かもしれない。私とはまるで対照的な生き方だった。私はスペインに住んでいても日本にしか目が向いていなかった。現在より未来にしか関心がなかった。だからどんな貧乏にも苦難にも耐えられた。

一方、永川は現在《いま》をなによりも大事にして楽しんで生きていた。いまを楽しむ点ではラテン気質に類似するが、長年の教師稼業のせいか、押し付けがましさがあった。

旅で出会った旅行者との縁を大事にし、自分の世界にとことん誘い込んだ。私の旅以上に面白いものはないという、あの自負、確信はどこからくるのか。

永川所有のバン型ワーゲンと私の甲虫ワーゲンを連ねて何度も旅をしたが、車のキャパシティなどお構いなく、出会った旅行者をだれかれとなく招いて同行を求めた。

七〇年代のある夏、ぼくらはセビリアから地中海に沿った海岸道路をアリカンテに向

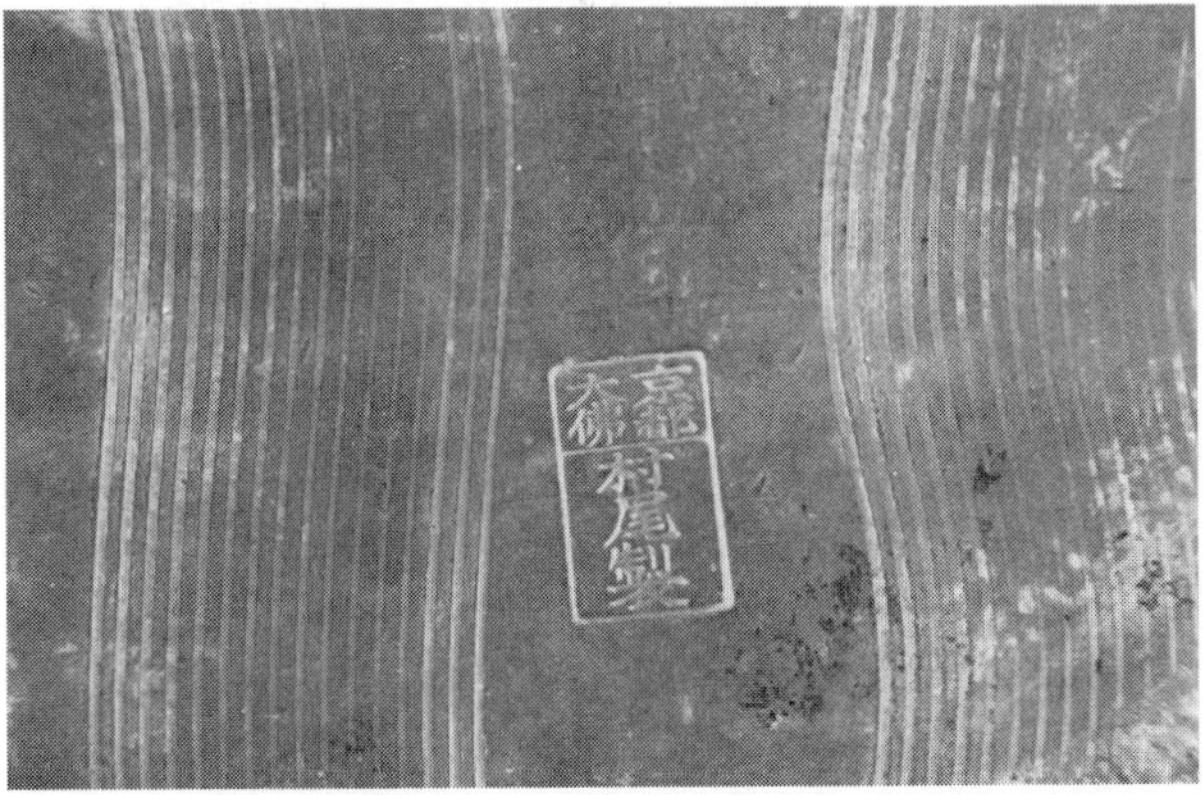

瓦裏の波模様と「京都大佛　村尾製」の刻印

けて走っていた。若い二人のカップルが反対車線の路傍で手を上げていた。永川はすぐに車を止めさせるとさっさとバンに乗せた。ありゃまあ、と思ったが致し方ない。マラガに向かう道端でヒッチハイクする若者が目指す地は、まず北アフリカのモロッコと相場が決まっていた。夕暮れ、少し走ったところでキャンプ場に入り、宿泊することにした。

　若者でごった返すキャンプ場で永川はご機嫌だった。ヒッチハイカーにとって父親の年齢(少なくとも風貌はそう見えた)だ。教授《プロフェソール》と呼ばれてご満悦、酒を飲み、煙草をくゆらし続けて談論風発、飽きることがなかった。私はといえば酒の勢いで腕相撲に興じ、上腕部が私の太腿ほどもありそうな西ドイツ青年にねじ伏せられて完敗し、悪酔いした。次の朝、永川のバンにはヒッチハイカー・カップルが乗っていた。

私たちはその時、バレアレス諸島イビサに住む私の友人を訪ねる道中だった。モロッコと方向がまるで反対、どこまでついてくるのだろうと宿酔いの頭で考えたものだ。

騒ぎはバレアレス諸島イビサ港について起こった。

永川からこれまでの食糧費の割前を要求された二人が、

「割カンなら前もってそう言ってほしかった。ぼくらはワインなど飲みたくなかったし、第一、私たちの行き先はモロッコなのにこんな島に連れてこられた」

と永川を罵倒して別れていった。

そんな時、永川は実に哀しげで寂しそうだった。なぜ旅の面白さを分かってくれないんだろうという表情をしていた。

永川の旅は、自らの旅であれ、日本からくる友人の旅であれ、いや、友から紹介された未知の人であれ、まるで旅行代理店のスタッフのように綿密なスケジュール作りを必ずやった。初めて会う人間の思惑が奈辺にあるかなど一切斟酌なしだ。スペインであれ、フランスであれ、モロッコであれ、費用をかけずに旅するのが醍醐味との考えに揺るぎはない。

現在から三、四十年前、海外旅行は今ほど手軽ではなかった。会社の、家庭での一大イベントだった。スペイン旅行の第一夜は、マドリードかバルセロナの中心街のホテルの風呂付、せめてシャワー付の部屋に泊まり、名物料理とワインを堪能しようと夢見ていた。また同行する奥方や娘は、ブランド品の店を訪ねたいと企てていた。

だが、空港で永川と会った途端、日本で計画した日程は霧散してしまう。

いきなり安ワインと煙草と自炊（鍋料理が定番だった）の臭いが染みついたバンに乗せられ、マドリード市内を素通りしてアンダルシア街道を走り出す。あれほど夢見てきた海外旅行の第一夜は、ラ・マンチャの羊の臭いが漂うキャンプ場だ。そして、夜はスペインの壮大なる歴史の講義で果てしない。そんな旅が面白いと感じる人は残念ながら十人に一人としていなかった。旅が始まって数日後、大概空中分解した。

写真家だった私は、永川玲二と一緒にいくつか仕事をした。例えばフランス領バスク地方の風土と食べ物、飲み物を紹介するルポルタージュの類だ。この話、東京で知り合ったフランス政府観光局の某嬢が永川の博識に感じいって、お膳立てしてくれたものだった。

バイヨンヌ、サンジュアン・デ・ルースなど、フランス・バスクの古都、歴史的な町を巡る話だった。レンタカーを私が運転し、某嬢が作ったスケジュールに沿って一夜泊まりで各所を回って歩く旅である。ところが取材場所はすべて素通りして、その夜のホテルに早々に入り、食堂に鎮座して酒を飲み、食べた記憶しかない。永川にとって改めて見物、あるいは取材するような土地はなかったし、それよりなにより地元のワインに接することが大事だった。

「氷島の漁夫」や「お菊さん」を書いたピエール・ロチの生まれた村を訪ねたこと、バスクが豊かになったのは南米大陸からトウモロコシが伝えられ、家畜が飼えるようになったことが切っ掛けとか、あるいはショコラはバスクに始まったなどという断片的な知識を永川から得た記憶しかない。それでも『太陽』(平凡社)のグラビア・ページを何ページか飾ったんだから、大したものだ(?)。

断続的でそれなりに長い交流だったが、私が永川と喧嘩口論したのは一度しかない。奇妙きてれつな言動は最初から承知の上の付き合い、それに口先ではとても敵わなかった。永川と論争におよび、ついには殴り合いの大喧嘩になるのは外国人が多かった。考えたら、あの小さな体でよくも体格のよい外国人と殴り合いの喧嘩をしたものだ。さすがに陸軍幼年学校出身者だ。

私は闘牛世界に熱中していたので、永川と不快なことがあったとしても闘牛の旅を始めれば忘れられた。そんなわけで永川と仲違いしたのは生涯一度きりしかない。その顚末は次章に書こう。

作家と教師

永川玲二と僕が旅先で喧嘩別れしたのは一九七〇年代終わりか、八〇年代の初めと推測する。

当時堀田善衞夫妻がスペイン北部のカンタブリア海に面したリャネスの一軒家に住んでおられた。グラナダ滞在が先であったか、あとであったか、今となっては判然としない。

ともかく永川が堀田善衞氏に挨拶したいから、おまえ、案内役をしろというのがきっかけであったと思う。私はパリ郊外で買った中古車シムカ(ということはなにか取材費が豊かな雑誌取材の仕事を抱えていたか)を運転していた。

永川を助手席に乗せてN1号線を北上し、サンタンデルを経由して海岸線を西進し、リャネスの堀田邸に到着したのは、雨の昼下がりのことであった。

当然、約束があってのこと、永川を連れていくのは堀田家には了解済みのことであった。

このリャネスの家は一度しか訪問した記憶がない。

八〇年代、堀田先生はスペインのあちらこちらを転々と場所を変えて住まわれた。大体短くて数カ月、長くて一年くらいか。思い出すままに記すとマドリード、グラナダ、バルセロナ、ジロナ郊外パルス、そして、このリャネスと私が知るのはこの五カ所だ。

イベリア半島の大半をイスラム教徒に制圧された時、西ゴート族の領主ペラヨは数人の仲間とともにコバドンガからレコンキスタを開始し、およそ七百八十余年後のグラナダ陥落の偉大なる一歩の栄光を今に負う。リャネスはこのコバドンガのすぐ近くだ。堀田はイスラムの栄光と凋落に関わる二つの地、コバドンガとグラナダの空気に触れたかったのか。

ともかく私は永川を堀田夫妻に引き合わせる役目に緊張してリャネスを訪ねたことを思い出す。

当時、スペイン社会に住んでいた日本人の大作家と名物男の二人には思想信条においていくつか共通点があった。左翼系進歩的な文化人、と一語でくくるのは無理があろうが、堀田も永川もリベラリスト、少なくとも保守的な考えの持ち主ではなかった。

堀田は日本アジア・アフリカ作家会議初代事務局長を務め、ベトナム戦争反対の立場から戦場行きを拒絶した米兵を匿い、スウェーデンなどに逃す「ベトナムに平和を市民連合」(べ平連)に関わっていた。永川もまたべ平連に参画し、米兵を代田の家に保護していた。また小田実など共通の知人も多くいたはずだ。

だが、両者はライフ・スタイルにおいて対極をなしていた。

堀田の服装や持ち物は一流の品で統一され、痩身と独特の風貌にこれらがよく似合った。

どのようなレストランに入っても堀田夫妻が物おじしたことを見たことがない。悠々堂々たる態度で、レストラン側も貴族的な風貌の堀田が何者か承知しないままに敬意ある態度をとった。堀田は富山県伏木の廻船問屋の家に生まれ、なに不自由のない育ちで青年期を迎え、戦中は国際文化振興会に招かれて上海に渡った。終戦を上海で迎えた堀田は、中国国民党宣伝部に徴用され、昭和二十二年まで滞在を余儀なくされた。

裕福な育ちと混乱激動の上海暮らしのせいか、大人の大らかさがあった。

戦前から戦中の大陸暮らしは、夫人と知り合った経緯を含めて二人から聞かされたことがある。堀田にも夫人にも古きよき良家の生き方が偲ばれたといったら誤解を生むか。

一方、陸軍幼年学校出身の永川玲二は、服装や食べ物や飲み物に全く頓着しなかった。着られればそれでよし、安ければ安いほどよしという生活スタイルで、永川と旅して安レストランでさえ門前払いをされたことが再三あった。

そんな両者が会うのだ、紹介者としては気を遣わざるをえない。とにもかくにも堀田夫人のお眼鏡に叶わなければ、永川の願いは聞き届けられない。だが、堀田家の居間にすんなりと通された。考えるに堀田夫妻もスペイン北辺の田舎町でいささか人恋しくなっておられたのではないか。

スペイン風の、遅い昼餉の刻限に日本料理の数々が食卓に並べられてあった。堀田も永川も愛煙家であり、酒も好んだがマナーはいささか対照的であった。私が知り合った当時の堀田はワインを少々、時にブランデーを食後にたしなむ程度で酒を飲むというより食事を楽しむためのアルコールだった。

一方、永川の酒は底なし、酔いが回るにつれてテンションが上がり絶好調になってくる。

この日、堀田と初対面の永川は、緊張しているように見受けられた。私が初めて見る永川の姿だった。いつもは永川が教師の癖を出して教壇から喋るように論じるのだが、この日ばかりはぎこちなく始まった。

だが、酔いが回るにつれ、永川エンジンがかかった。となると夫人が器から素材まで吟味した料理には注意がいかない。話し手は永川一人で談論風発、独壇場だ。

永川が手にするワイングラスは自分のものとばかりは限らない。手近にあるグラスを手当たり次第(酔った永川の習慣だ。この癖を知る友人は自分のグラスを手放さない)に摑んで口にし、煙草を続けざまに吸い、その灰を料理皿に落とし、遂には吸い殻を捩じり入れる。その間も口角泡を飛ばしてスペインの歴史を堀田の前でまくし立てる。喋りながら灰皿の吸い殻を料理と間違えて手で摑んで、口にする。

夫人の顔に怒りが見えた。

北部スペインに暗い夜が訪れていて雨まで降っていた。

「永川さん、そろそろお暇しましょうか」

私が誘ったが一旦全速回転を始めたエンジンを止める術も抑える策もない。堀田先生の顔にも持て余した様子がありありと窺えた。夫人に私は台所に呼ばれ、

「なぜあのような人物を伴った」

とえらく叱られた上、早々に連れ帰れ、あの人物は二度と堀田家の敷居は跨がせないと宣告された。真っ青になった私は、粘る永川玲二を連れ出し、車に乗せると走り出した。

助手席に崩れ込むように眠り込んだ永川が目を覚ましたのはマドリードの北の郊外だ。キャンプ場に入ろうと永川が言い出した。その時、私は酒の上での非礼を咎めた。その言葉を聞いて永川が猛然と汚い言葉で反論し、

「青二才になにが分かる」

と怒鳴り上げた。そうなると私には反論のしようもない。小さな鉄道の駅に車を止め、

「永川さん、これ以上一緒に旅はできない」

「ああ、おれもだ」

と永川はどことも知れぬ駅舎で車を下りていった。

その時から一年有余の交友断絶があったと思う。

この齢になれば永川が堀田の前で少年のように興奮した気持ちを理解できる。永川は堀田の作家としての業績に憧憬を抱き、生き方と思想を心から尊敬していたのだ。だから、堀田に想いのたけをぶつけたのだと思う。ただやり方が堀田家の家風ではなかった。


「女中小部屋」と呼ばれていた別棟が、あっという間に取り壊され、惜櫟荘の照明器具が外されていった。どれもが吉田五十八のデザインと見えて、天井や柱に埋め込まれていて、後付けの器具は一つとしてなかった。家具も一つひとつ梱包して、高島屋で七十年ぶりの修繕を受けることになった。また建具も丁寧に手焼きのガラスが外された。洋間の開口部のガラス三枚は、昭和十五年当時よくも手造りで焼けたと思えるほどの大きさで、ほぼ百七、八十センチ四方もあった。このガラス戸の搬出には全員が気を使い、わが隣地の資材置き場に運ばれて、慎重に戸枠から外され、一年後まで保管されることになった。

前の章で、黒光りした廊下の瓦について記した。

「惜櫟荘だより」の連載が『図書』で始まった直後、岩波書店編集部に哲学者の鶴見俊輔氏から連載を読んでいるとの連絡が入ったそうな。惜櫟荘はどこか人を惹きつける魅力のある建物なのだろう。それで思い出した。岩波淳子に聞いた話だが、戦後、GHQが接収していた惜櫟荘返還に鶴見和子氏が尽力されたことを。そのお蔭で惜櫟荘は、廊下の瓦を欠いた程度の被害でなんとか食い止められ、無事に返還なったのだ。京都の大佛瓦の瑕痕もまた惜櫟荘の歴史の一部ということになる。

惜櫟荘番人になったからこそ知り得た知識だ。また惜櫟荘が出会いを作ってくれた人物もいた。たとえば築地の料亭新喜楽のご主人が、建築家の板垣を通して惜櫟荘を修復前に見たいと言ってこられた。

昭和十五年、吉田は惜櫟荘の建築と同時に新喜楽も手掛けていた。七十年の歳月を経過して残る数少ない建築物が新喜楽だった。むろん料亭と別荘では規模も違えば用途も異なる。だが、資材や造り方に二つの建物が共通することを、写真集などで私は承知していた。

ある日、板垣の案内で惜櫟荘を訪ねてこられた新喜楽主人は、洋間の縁側に独り座して長いこと物思いにふけっていた。そのような追憶を起こさせる力がこの惜櫟荘にはあった。

壁の剝がしが始まった。

その日、高野栄造が現場にきていたが、私を呼んで、

「この左官の親方は昭和四十六年にも惜櫟荘の壁を塗った」

と紹介してくれた。そんな風に惜櫟荘修復に二度関わる職人がいた。

建築物にとって七十年は短いようで長い。同じ職人に二度の手入れを受ける壁も幸せなら、二度の修繕に関わる親方も職人冥利に尽きると、職人小説家を自称する私は思った。

修復を前提とした解体作業は、どこかパズルを解く過程と似ている。

七十年前の建築家吉田五十八も大工の棟梁も建具師も石工も、解体を念頭に惜櫟荘を設計し、建築したわけではなかろう。だれも解体し易い家を造ろうなんて考えたことはなかったと思う。

七十年後、解体作業に従事する職人衆は、その素材を再利用することを前提にしての作業だから慎重にならざるをえない。新築工事よりはるかに手間暇がかかり、難しい。

またその作業を難解にしているのは吉田五十八の即興と感性だ。吉田は設計図を頼りにする建築家ではなかったらしく、現場でのひらめきを重視した。

吉田五十八の素描は、芝居の舞台の書き割りと似ている。これがどうやら建築の原図となって作業が進んでいくらしい。そのためにどのような思考過程と作業順序で家が建てられていったか、推理するのが極めて難しい建築家のように思えた。

私に専門的な知識があるわけでもなく解体作業に従事しているわけではないが、日頃から職人の仕事を見るのが道楽と広言し、ために職人作家を自称する私の観察である。そもそも近代数寄屋造りの名手と評された近代数寄屋とはどのような建築スタイルなのか。本家の数寄屋とは、

「茶室。茶席・勝手・水屋などが一棟に備わった建物」

と『広辞苑』に解説されている。江戸時代の伝書『匠明』によれば、「茶ノ湯座敷ヲ数寄屋ト名付事ハ　右同比　堺ノ宗易云始ル也」とあるそうな。右同じ頃とは、京に聚楽第が完成した天正十五年(一五八七)のことだ。数寄屋は宗易、別名利休の造語であり命名であった。一般の家屋とは異なり、数寄屋は茶など遊びを楽しむための離れ屋、亭《ちん》と解釈すればよいか。とすると吉田が得意とした新感覚の数寄屋は、遊び心を簡素にした住宅建築と解すればよいのか。

吉田は、『現代日本建築家全集3　吉田五十八』に掲載された座談会「美の伝統と創造」の中で(座談相手は東山魁夷と栗田勇)、

「結局、数寄屋っていうのは畳でしょう。この畳を排除することね。椅子にすることだ。それにはどうするかってことね」

と近代数寄屋論を語っている。また別の個所に、

「江戸の数寄屋っていうのはバラックなんですよ。いつ焼けるかわからんでしょう。

始終火事がある。だから、京都みたいにまともに建築できないんですよ。京都あたりのは本建築ですよ」と江戸の数寄屋と京の建物の違いを語っている。

私は吉田五十八デザインの民家を惜櫟荘以外知らない。戦前から戦後にかけてあった稀音家六四郎邸も中村勘三郎邸も今はない。時代の荒波の中で大半が消えていき、残っていたとしても後年に大きく手を入れられて別物になっている。だから、私は惜櫟荘の解体と修復を通して、吉田の魅力と謎を楽しむことに決めた。

茶を楽しむための数寄屋が住まいとしての近代数寄屋に発展した。外観も内部も重厚と頑丈というイメージを避けて建てられた筈だ。柱と壁、壁と鴨居、床板と壁、梁と棟がどういう順番で組み上げられていったのか。

かろやかなふくらみを持つ起《むく》り屋根、樋を使わず雨落ちに垂らす仕掛け、玄関から廊下は京瓦を使う渋さ、惜櫟荘は簡素にして繊細といった印象だ。だが、この簡素にして繊細の技は、修復を前提に解体に従事する職人にはえらい難問の連続なのだ。当然のことながら釘一本表に見えない惜櫟荘をどういった手順で壊しの作業を進めていくか、建築したときの反対の手順を正確に追わなければ、完全な解体にはいきつかない。

私は現場で大工の棟梁川本昭男が作業の途中で手を休め、考え込む風景を何度も目にすることになる。

惜櫟荘の解体は外壁から始まった。

外観のリシン掻落し壁の下部に張られた大小かたちが異なる石にナンバリングして、縦横十文字になん本もの線を描いて前後左右の位置関係を示し、それを写真に残しておく下準備の後、剝がしが始まった。この石剝がしの白眉は、玄関前の石畳だった。伊豆石を組み合わせて敷かれた石組みは、今の職人さんにはできない芸とか、高野に何度も言われた。

この石剝がしはまず玄関前と同じ寸法の板囲いを造り、そこに砂を入れて、縦横に糸を張って目安とし、剝がした石の順に砂場に移していくという手順を踏んだ。なんとも根気がいり、気の遠くなるような作業だ。二人が左右から攻めてきて、途中でぴたりと合ったときには、感激した。今はその砂場に移された玄関前の敷き石は、板で蓋をされてしばしの間、暗黒の闇で眠りについている。

惜櫟荘の内壁は聚楽掻落し壁、外壁はリシン掻落し壁だ。この壁土は一部剝がしてみた結果、外壁は再利用不能ということが分かり、内壁だけ丁寧に剝がして、乾燥させ、篩にかけて大事に保管された。

昭和四十六年(一九七一)の小規模な修繕でいちばん手が入ったのが風呂場だった。岩波茂雄の浴室へのこだわりは、なかなかのものだ。温泉につかりながら波打際を見たい、露天風呂のように、かけ流しの湯がざあざあと笹やら草の間を流れる風情を入れてくれ、という難題であったそうな(前記『建築世界』)。

施主の思い付きをかたちにする建築家は大変だ。それでも吉田五十八は、湯が溢れる洗い場と敷居の間に排水溝を設置し、茂雄の要望に堪えた。この結果、湯船からは溝も敷居も見えず、熊笹の間を湯が流れる風情と、その庭先に相模灘を眺めることができた。浴室の柱、建具、天井の木部は尾州檜、壁の高羽目はイタリー産の大理石、腰羽目と流しは勿来石、浴槽は黒谷石であった。

伊豆山十二号泉は塩分濃度が高い。基本的に大理石と塩分の強い温泉の相性は悪い。茂雄の趣を優先した野天風かけ流し温泉と腰羽目のイタリー産大理石は、メンテナンスに苦労したようだ。長年使っていると大理石が酸化するのか黒ずんできたりするからだ。そこで先の修繕で檜の板壁に変えられていた。設計監督の板垣元彬から、

「吉田先生のアイデアの大理石より温泉がいたずらをしない檜壁にしましょう」

との相談を受けて、私も了解した。むろん野趣あふれるかけ流しもなしだ。

八〇年代半ば、写真家の私はグラナダのサクロモンテの斜面に立つマンションの堀田家に居候をした。2LDKの広さで、居間からダロ河と谷を挟んで悠久の時の流れを城壁や塔屋に滲ませたアルハンブラ宮殿が見えた。そして、その背景に雪を被ったシエラネバダ山脈が聳えて、この地を何百年にもわたって占拠したイスラム教徒の喜びや哀しみを風音に聞くことができた。

私は堀田家の車、シトロエンの運転手兼雑用係で、スペインの太陽が陰りを見せる時刻、「佐伯、出かけようか」という言葉で車に先生夫妻を乗せて、サクロモンテのマンションから走り出した。行き先は決まっていることもあり、走り出した後、思い付きで定まったこともあった。

グラナダ時代はイスラムの遺跡を訪ね歩いた。そんな中でも記憶に残るのは、グラナダから四、五十キロ離れたアラマ・デ・グラナダを訪ねたときのことだ。村の規模としてはいささか大きく、町としては小さい。なんの目的でアラマを訪ねたか、村はずれのイスラム風温泉を見物に行ったような気もするが、アラマ河に湧きでる温泉よりもアラマの中心の公園から眺めた波打つ麦畑の景色が今も忘れられない。

堀田先生はいつものようにバルの表に並べられた椅子に腰を下ろし、バルの白壁にかけられた鳥籠の野鳥ペルディスをただぼんやりと眺めていた。それが堀田流の夕刻の時の過ごし方だった。そして、煙草に火をつけ、カフェ・ソロとスペイン製のブランデーを注文し、濃いコーヒーにブランデーを注ぎ込んで、ゆっくりと楽しんでいた。だれに話しかけるわけでもない、アラマ・デ・グラナダに流れる時に身を委ねて、過ぎ去った歴史でも考えておられたのか。

この旅には、当時マドリードに在住していた島真一と文子夫婦が同行していたような気もするが記憶は定かではない。文芸誌『すばる』に堀田がスペイン近況を連載をしていたとき、S画伯として登場するのが島真一であり、Sカメラマンというのはかくいう私だった。その島も二〇〇九年にガンを病んで鬼籍に入った。

ともかくアラマ訪問の目的がなんだったか、堀田が私や島に説明することはなかった。そんな昼下がりの小旅行を幾十回かさねたか。日没の遅いスペインで、当時田舎町にそう交通量があったわけではない。昼寝の後、夕暮れ前から片道六、七十キロを走り、コーヒーを楽しんだり、時に訪ねた先のレストランで夕餉を食して、グラナダまで帰ることだって可能だった。

グラナダから最長距離のドライブ行はパリ往復だ。このとき、目的はあった。堀田家のシトロエンは西武百貨店を通してパリで買い求めた車だった。当然のことながら外国人ナンバーで登録されており、有効期間は一年間だった。その期間が過ぎると車を取得した都市で更新を繰り返すことになる。シトロエンを入手して一年が近づき、更新のためのパリ行きだった。

私にも中古ワーゲンの車検更新の経験があるが、この役所仕事は面倒くさく時間がかかる作業だった。なにしろこちらはフランス語を全く解さない。通じるのはカフェでビールやカルバドスを注文するときだけ、こちらは酒の種類かブランド名を連呼すればよいのだから、なんとかなった。酒が間違って出てきたところで、それを飲めばよいのだからなんの差障りもない。だが、車の車検更新には語学力がいったし、そもそもその能力が不足しているのだから根気と推理力が必要になった。

車検更新がなったとき、当初のパリ滞在日程はとっくに過ぎていた。私は堀田と相談の上、当初の目的は達したのだからとグラナダに帰ることにした。パリを昼過ぎに出立した。ハンドルを私が握り、助手席に堀田が、後部席に堀田夫人、という配置でパリを抜け出て、地中海へと南下した。遅い出立なのでリヨンに泊まる日程だった。ホテルの予約はなく、いきなりリヨン市内でホテル探しを始めたが、ハイシーズンだったのか、堀田家好みのクラシカルな老舗ホテルは取れなかった。取れたのは新築されたばかりの高層ホテルだった。

私と堀田が夫人の怒りに気付いたのは次の日、リヨンを出て、スペイン国境に向かうハイウェイ上だった。

「佐伯、なにしにパリに行ったの」

と後部席から問われて、いつもの口調と違うと慌てた。

「車検の更新ですけど」

「グラナダからわざわざそれだけなの」

怒声が響き、頭が真っ白になった。

堀田夫人はふだん寡黙で、独りレース編みなどで静かに時を過ごしておられた。だが、一度夫人の勘気に触れると老練な編集者も出版社の重役も容赦なく怒鳴りつけられ震え上がった。

作家堀田善衞のマネージャーでもあるのだからある意味では致し方ない、時には激怒するふりをするときもあったろう。ともあれ、夫人の逆鱗に触れた編集者のだれが言い出したか、「逗子のライオン」と呼ばれていた。

「遠くスペインからパリまできて車検の更新だけなの」

と追い打ちがかかった。

その瞬間、私は夫人がパリで買い物やら見物やらを楽しみにしてきたのだと気付いた。だが、堀田先生も私も車検更新に必死で夫人の気持ちに思い至らなかったのだ。

「仕舞った」

と思ったが時すでに遅し。私と堀田は、オランジュ、ニーム、モンペリエとローヌ川沿いにプロバンスを斜めに突っ切り、ピレネー目指して走りながら「逗子のライオン」の怒声を聞き続けていた。夫人の怒りの矛先は私ばかりでなく堀田(こちらが真の相手か)にも向けられていたが、先生は一言も抗弁しなかった。

そのとき、どうすれば夫人の機嫌が直るか、そのことばかりを私は考えていた。導きだした答えは一刻も早く住み慣れたスペインに戻ることだった。

堀田もそのことを願っていた。後部席から怒鳴られながらひたすら走った。休息も食事もとれるような状態ではなかった。あのような長い一日は私の人生には他にない。ともかくリヨンから国境を越えてバルセロナまでずっと叱られっぱなしだった。

バルセロナの馴染みのホテル・ディプロマティックに到着したのは夜の十時を回っていた。ホテルの厨房に行き、ルーム・サービスで胃に負担がかからない料理を選んで届けさせた。私がそれを廊下から確かめていると、堀田がめずらしくせかせかした足取りで姿を見せて、

「佐伯、これでなにか食ってこい」

と私の手に財布を押し付けた。

財布には堀田の温もりがあった。作家が部屋に消えてホテルの廊下で独りになった私は不覚にもぼろぼろ涙を零した。

四寸の秘密

修復工事が始まったとき、メモ代わりにデジカメで記録していた。それを見ていた娘がソニーのＨＤＲ－ＣＸ５５０なる家庭用ビデオカメラを買ってきた。面倒なものを持ってきたなと思ったが、

「お父さん、映画学科の出身でしょ」

という。確かに日大芸術学部映画学科撮影コースを卒業したが、当時はフィルムの時代であった。

大学は日芸とか江古田村と呼ばれた。マンモス大学の雄の日大の中で練馬区江古田に芸術学部だけが独立していたからだ。その江古田校舎本館地下にあった現像場で、進駐軍払下げという年代物の映画フィルム現像機のご機嫌を伺い伺い、うす暗い赤電球が灯った暗がりで同級生とポジ現像作業をするのは、私にとって実に耐え難いものだった。現像液の臭いにまずなじまない。その上、アメリカ製の現像機が機嫌を損ねると、くち

やくちゃに折れたフィルムがあちらこちらで溜まり、収拾がつかなくなる。そうなるとこの古めかしいフィルム現像機に習熟した先輩諸氏の出番で、両腕にフィルムを棒のようにして突っ立って抱える役立たずの後輩どもを尻目に、フィルムを器用に先送りして、たるみをなくして、現像機を再稼働させた。そんな中、私たちは暗がりで待つしか手はなかった。

ことほどさように動画制作は、撮影、現像、編集と地道な手作業で根気がいった。私は大学卒業後も映画やＣＭ製作に関わったが、最後まで慣れずに脱落した。

「おれの時代は八ミリフィルムの頃でな、十六ミリ幅のものを往復で撮影した後、富士フィルムなんぞに持ち込んで八ミリ幅にしてもらったものだ」

と往時を懐かしんだところで、目の前のハンディカメラが消えるわけもない。

「今のビデオは操作が簡単なの」

と娘がカメラの横蓋を開けると、いきなり撮影可能とか。

「あとはこのボタンを押すだけよ」

と撮影し、再生まで見せてくれた。

いや、驚きました。画像が鮮明にしてきれい、さらに5・1チャネルの音がいい。なんとなく昔のカメラマン（脱落者です）魂が蘇ってきた。

仕事の合間に朝、昼、夕刻と惜櫟荘の解体現場に通い、いささか職人衆に嫌がられながら撮影を始めた。

解体作業は慎重の上にも順調に進んでいた。六月に入り、羽目板が外され、和室の平床の床板、松の一枚板が外された。

『惜櫟荘主人』に
「床の間の材は松のやに板で、幅は三尺長さが二間であった。この床の間の板一枚で一万円かかったよ」

と岩波茂雄が娘婿の小林勇に自慢した件の脂松《やにまつ》板だ。

川本昭男は京都で修業し、経験を積んだ大工棟梁だが、撮影する私に、

「この家で一番の材ですね、今時滅多にお目にかかれません」

と苦心の末に外した後も表裏から観察し、嘆息した。

この床板、どこにも傷みも狂いもなかった。

私は内部の構造が見えてくるとともに、近代数寄屋とは、

「柱をいかに表に出さないか」

を腐心する建築スタイルかと素人考えに得心した。むろん四方に聚楽壁と合体したような飾り柱はある。だが、それが部屋全体をしっかりと支えていますよ、と自己主張の強い大黒柱的な風情はどこにもない。すべて力のかかる構造は大壁の中に隠されているのだ。それが吉田五十八建築の繊細と気品を演出しているように思えた。だが、一枚壁を

こそぎ落とすと、なかなか頑丈に軸組がなされていることに気付かされた。

作業の白眉は、居間の掃出鴨居の取り外しだった。雨戸、網戸、ガラス戸、障子戸各三枚、十二連の鴨居は四枚の板で連結されて、あの広々とした開口部を創り出していた。天井が剝がされた段になって新たな事実が分かった。

洋間の天井は、当初四寸高く設計施工されていたそうだ。どうやら吉田は天井を張り終えた後、居間に立って櫟の庭を眺め、相模灘を松越しに眺望して違和を感じたらしい。天井が四寸ほど高いと閃いたのだ。

即刻、棟梁、職人衆に命じて天井を剝がし、四寸下げる手直しを命じた。壁の中に隠された柱にその痕跡が残されていた。現場の張り詰めた空気が彷彿と思い出されるではないか。

感覚の人、吉田五十八の面目躍如である。だが、現場の慌てぶりと混乱は深刻かつ悲惨なものがあったろう。

吉田をよく知る高野栄造に聞いてみた。

「こんなとき、吉田先生はどんな風に作業変更を命じられるのですか」

「下げろの一言ですよ」

高野の答えは明快だった。その場に居合わせた川本昭男が、

「大工は大変だ」

と七十年前の先達に同情したように呟いた。

「だって天井も壁と同じ聚楽土で塗っているんでしょう。それを全部剝がすとなると」

と僕。

「だれが見ても、おかしなものはおかしいんです。だから皆が従うんです。吉田五十八という人には、それを下げろの一言を得心させるだけの建物に対する見識と愛情がありましたからね」

と高野が言い切った。

「高が四寸、されど四寸」

凡人は天井の高いほうが気持ちよかろうと考えよう。だが、江戸趣味の、歌舞伎愛好家の吉田五十八はこの四寸の高さが我慢ならなかったのだろう。

解体現場でこんな発見に遭遇したとき、私はわくわくした。物心ついたときから大工、左官、建具師など職人衆の手作業を見るのが大好きだった。私が職人作家を標榜するのは、職人の謙虚でひた向きな仕事ぶりが好きだからである。だが、

「ビデオカメラを持った施主ほど厄介な存在はあるまい」

いかにも作業具合を点検でもしているようではないか。私の思いは七十年後、いや、基礎が造られた段階で百年後と思い直したが、再度の修復の機会に役に立つ記録を残したいという一念でしかなかった。そんなわけで、現場の棟梁方、職人衆に警戒されつつ

ビデオカメラで撮影するのが日課となった。

川本昭男が最後まで頭を悩ましたのが、和室の控え部屋と八畳の座敷の吹寄《ふきよ》せ廻《まわ》り縁《ぶち》だった。大男の二の腕の太さの杉丸太を二本横に並べただけのもので、川本は何日も費やしてまず欄間の給板を外した。それでも吹寄せ廻り縁は抜けないようだった。川本棟梁は壁にぶつかると別の作業に頭を切り替えてしばし現場を離れ、また和室に戻ってきた。このようなとき、川本は七十年前の大工の仕掛けた罠を必死で推理しているのだろう。一見繊細に見える惜櫟荘にはこのような職人の技がいくつも仕掛けられていた。結局、この二本組の杉の吹寄せ廻り縁は最後の最後まで残されて、柱が抜かれるときに一緒に外された。

今夏は殊更猛暑が続いて惜櫟荘の作業も白々した暑さとの戦いとなった。撮影する私の体を照射する光でなにか白日夢を見ているようなときがあった。

そのせいか、一つの光景を思い出した。

二十六、七年前の夏のことだ。私は本職のカメラマンだった。なんのためにトレドを訪ねたのか、人影もないグレコの家脇の煉瓦敷きの路地を、独り坂上へと歩いていた。スペインの昼下がりの暑さはなかなかのもので、思考停止、なにも考えられなかった。
昼下がり、赫々とした太陽が中天から路地道に差し込んでいた。暑さの中、動いているのは私独りだけだ、と思った。

その時、鉤の手に曲がる路地上から一人の日本人男性が忽然と姿を見せ、こちらに下りてきた。私はその人物がだれかすぐに分かった。ちょうど堀田善衞先生とその方が新聞紙上で往復書簡を連載されていたころだと思う。

肩が触れ合うほどの煉瓦路で私は挨拶したように思う。その方も答礼されたように思う。短い会話を交わしたような気もする。

私は『芽むしり仔撃ち』、『叫び声』、『われらの時代』など、大江健三郎氏の初期の瑞々しい作品の愛読者だった。若い時に読んだ小説の感情が一気に体内に満ち溢れ、くらくらした。

夏の光が体を突き抜けたような瞬間だった、どうしようもなく緊張した時の流れであった。

隔絶された路地に大江さんと私がいた、それだけで私の胸が高鳴り震えた。

一瞬の邂逅であったことはたしかだ。

いや、それともあれは真夏の昼下がりの太陽が創り出した白日夢であったろうか。未だ真実の出会いのような、幻のような、どちらにしても私にとって忘れ難いトレドの景色であった。

大工の棟梁川本昭男が真っ盛りの暑さの中で、

「先生、この屋敷には蝮がいる、撮影したほうがいい」

「えっ、どこに」

私はなにを隠そう蛇嫌い、まして、蝮などと聞かされるだけで恐ぞ毛が立つ。

「先生、玉虫をしらんか。子供の頃以来、あんなにもたくさんな玉虫を見たことがない」

川本棟梁は玉虫を蝮と聞き違えて動転する私を櫟の庭に連れていくと、その場にしゃがんで松越しに榎の枝を指差した。

「ほれほれ、飛んでいましょうが」

榎の葉群の上、光沢のある金緑色の羽が光を浴びて飛んでいた。すると金紫色の二条の縦線が透明に光って、私の勘違いをあざ笑うかのように飛翔してみせた。

「玉虫色の決着などと世間でいうが、あれはよくない。玉虫はどこも曖昧なんかじゃない、この世のものとは思えないくらい徹頭徹尾美しいだけだ」

棟梁が言い、私は黙って頷いた。

私たちは夏休みの昆虫採集の子供のように、その場にしゃがんでいつまでも眺めていた。これもまた惜櫟荘の夏がもたらしてくれた白日夢であろうか。

詩人と彫刻家

昭和十六年(一九四一)に完成した惜櫟荘はいったん姿を消した。だが、部材の置き場は限られていた。そこで建物の周りのわずかなスペースに鉄パイプの足場を組み、棟、梁、柱などが収容されていった。木材でいちばん重い松材の桁は建物を囲んだ足場の中段に横積みに置かれ、ブルーシートで覆われた。この保管方法にしたのは、移動距離が短く、組み立ての時も楽だからだ。事実、この何百キロもある桁を狭い地上に下ろしたところで置く場所が見当たらなかった。こんな桁が八本もあった。わずか三十余坪の建物になかなかのものだ。

惜櫟荘は海に面した崖地に建てられているだけに重機が使えない。ユンボと呼ばれる小型ブルドーザーがなんとかクレーンで持ち上げられただけで、基本的には人力作業に終始した。

雨の季節が終り、気象観測史上最高の夏の暑さが訪れた。

日々変化する惜櫟荘は林立する柱群が外され、土台だけになった。土木工事になって厄介が見つかった。県地震条例をクリアするために、平地から一・五メートルほどを掘り起こし、新たな基礎工事を始めることになり、ユンボが活躍して地面の掘削をしてみると、関東ローム層の中から大岩がごろごろと姿を見せた。惜櫟荘の一段下に管理人の小屋を建てたときも大岩が姿を見せたのでなんとなく予測はついていた。だが、管理人の小屋と違うのは、崖上に建つ惜櫟荘には全くといっていいほど重機が入れないことだ。騒音の害をまき散らしながら、岩を削岩機で砕き、一輪車と人力で石畳まで下ろす作業が断続的に何週間も続いた。ために近隣の住人の方々に迷惑をかけることになった。

暑さとの戦いの中で岩を取り除けて更地にしてみると、建っていたときの感じより敷地は意外と広いことに気付かされた。戦中の新築家屋は三十坪までと制限されていた。そう広大なものではない筈だ。だが、こんどの修復で正確に建坪を測りなおしてみると、一一四・六平方、およそ十パーセントほど広いことが判明した。吉田五十八は洋間の敷居などを建坪の計算に入れない工夫を凝らしたらしく、そのために洋室も和室も周囲の景色と相まってさほど窮屈な感じはしなかった。制限建坪を密かに超える工夫をした「技」のおかげだ。

今回の修復で改善されたのは間違いなく基礎工事だ。予備調査のボーリング工事から梅澤建築構造研究所の梅澤良三が修復プロジェクトに参加してくれたし、ためにしっかりとした基礎工事ができあがった。構造の強化と、修復後メンテナンスができるように、床の高さから最大で一・五メートル掘り下げられてコンクリート工事がはじまった。

更地に捨てコンクリートが流し込まれて、地所が成形された。わが家から見下ろすと巨大なキャンバスのようだった。このキャンバスの上に描かれた設計図に、鉄筋の部材が並べられ型枠がおかれ、第二次コンクリートの流し込みで整えられた。

いったん解体された惜櫟荘の土台が復元されていき、それは巨大な抽象画のように見えた。

「ああ、修復再現工事が始まるな」

と私に感じさせてくれた一瞬だった。

作業場では、使える部材と変更を余儀なくされたものとのふるい分けが行われていた。その中で一番大きな変更は和室の北山杉の外柱だった。外観はなんの傷みもないように思えたが、外してみると北山杉の下部の内側がおよそ五寸ばかり腐っていた。おそらく塩を含んだ海風や風雨に晒されて傷んだのであろう。これはもはや補強が利かないということで、一回り大きな北山杉に変えられることになった。

写真家時代に仕事を一緒させていただいたただ一人の詩人が田村隆一（一九二三―一九九八）だ。平凡社カラー新書のウイスキーの取材で私は初めて田村隆一と会い、スペイン派の私が初めて北国のスコットランドに旅立った。

一九七九年三月のことだ。

ロンドンを経由してエジンバラに到着したとき、朝食の刻限だった。だが、田村にとってアンカレッジ経由の長旅はこたえたらしく、朝食よりウイスキーを欲しがった。スコッチ・ウイスキーの本場にあって酒など簡単に手に入ると思われるかもしれないが、これが実に至難なのだ。本場で酒を飲むには刻限があった。朝などホテルのバーの棚は網戸が閉じられ、鍵がかかっていた。編集者のYが、

「どうする、田村さんにガソリンを入れないと動かなくなるぜ」

と相談を持ちかけてきた。その当時、私は貧乏旅行の達人にして、恥知らずだった。Yにいくらか取材費を貰い、エジンバラの最高級ホテル・カレドニアンのキッチンに向かった。はい、十数分後には料理酒の名目でキッチンにあったウイスキーを手に入れて、田村の部屋に届けました。

この旅行中、いちばん思い出に残るのは、田村と二人でアイレイ・モルトを求めてエジンバラから小型機でアイレイ島に飛んだことだった。

「小さな島、孤独な島、スコットランドにつきものの緑、草も森も芝生もまったくない褐色の島」

と田村が『ウィスキー讃歌』に表現したアイレイ島は、北緯五十六度の大西洋の東の端

にぽつんとあった。荒涼とした島には人よりも野生の鹿や野兎や羊の数が多く、茶褐色の泥炭のような大地に可憐にもスノードロップが白い花を咲かせて、私たちを迎えてくれた。この泥炭こそアイレイ・モルト独特の香りをつけるピートだった。

田村と私は案内人のクリスティさんのガイドで島のディスティラリー(蒸溜所)を見物して、アイレイ・モルトを賞味し、お昼に村の小さなレストランでサーモン料理をご馳走になり、短いが濃密な島滞在に満足して、また豊島園か後楽園のジェットコースターのような小型機に乗ってエジンバラに引き上げた。

田村にとって、このアイレイ島訪問は記憶に残る旅であったらしく、後年、『水半球』と題された詩集にこんな詩を書いた。

「時が満つるまで」

一瞬の恋も美しいが
太陽と水と火と
麦と泥炭とが時によって
熟成されてゆく
美しいスコットランドの
小さな島の

ウイスキーのような愛はもっと
北海の光りの中

私はこの詩が好きだ。この詩を口ずさむとき、田村とのアイレイ島訪問を鮮明に思い出す。

詩人の体力は、短いスコットランド滞在で本一冊分の取材をこなそうというハードスケジュールにはついてこられなかった。そこで撮影チームとエジンバラ滞在組に分かれて行動することになった。初めてのスコットランド訪問で気分が高揚していた田村を最初にアイレイ島に案内したのは作戦成功といえた。

詩人田村の面目躍如は予定になかったパリ行に待っていた。エジンバラに飽きた田村は同行のT嬢と二人でパリ見物に行きたいと言い出した。そこでYと私が相談してエジンバラ駅から列車に乗せた。

次のエピソードは日本に帰国後、この取材旅行の打ち上げの場で田村自身の口から聞いたものだ。パリ滞在のとある日、ビストロで食事をしてワインに酔った田村はとろとろと居眠りをしたそうな。

「おい、佐伯、おれが目を覚ましたと思え。目の前にだれがいたと思う」

「知りませんよ、田村さん」

「おれのテーブルの正面に義父《おやじ》の顔があったんだよ」

「そんな馬鹿な、パリのビストロで偶然にも高田博厚さんがいたんですか」

「おお、正面に義父の顔があったんだよ、真実の話だぞ」

と酔っ払い詩人が念を押すように長い顔を振った。同行のT嬢は、編集者のYによれば、

「まあ、愛人だな。だから今度の取材はT嬢なしでは成立しなかったんだな」

ということだ。スコットランドの取材にかこつけた浮気旅行の最中に、パリのビストロで女房の父親と鉢合わせしたというわけか。

「で、どうしたんです」

「やあって手を上げて挨拶したさ。そしたら先方もやあって返礼して終わりだ」

「それだけ」

「それだけだ、他になにがある」

田村の発言を信じればこうなる。もしこれが真実ならば、稀代の詩人と高名な彫刻家同士、なんとも粋なふるまいではないか。浮気の理想形だね、と思いつつも、凡人の私はきっとあれこれとあったんだろうなと想像を逞しくしてみた。だが、田村は嘘か真か、平然としていた。

それからしばらくして田村隆一とT嬢の二人は、私が住んでいた府中にほど近い、奇妙な米軍ハウスのような借家に逃避してきた。そんなわけでうちと田村さんとの付き合

いはしばらく親密に続いた。

ある日、小学生の娘と二人、自転車で田村の借家を訪ねてみると、がらんとして誰もいなかった。

「田村先生、どこかに行ったの」

「鎌倉の家に戻ったのかね」

「もう一緒にざる蕎麦を食べられなくなったね」

私と娘が田村を訪ねると、気遣いの詩人は必ず、

「おい、ざるを三枚頼め」

と蕎麦屋から出前をさせ、自分はベッドに仰向けに寝たまま、蕎麦を手繰った。娘と私もベッド脇の床に胡坐をかいて蕎麦を啜った。時に蕎麦にむせた田村が床の上に転がり落ちてくることもあったが、私たちは慣れっこだった。

「おい、田村さんの足を抱えてろ」

と命ずると口に蕎麦を銜えたままの田村をベッドに戻したことが一度ならずあった。そんなとき、田村隆一は決まってアル中の治療で酒を断ち、体力が落ちていたときだった。

「そう、田村さんともう蕎麦は一緒に食えないな」

私は猛然と寂しさが湧いてきた。娘と二人、沈黙したまま自転車のペダルを踏んで自宅に戻った。

上棟式の贈り物

　時代小説に転じて十年が過ぎ、状勢きびしい出版界に生き残らんがために文庫書下ろしで量産を繰り返したせいか、いささか体に負担がかかったようだ。

　春先の人間ドックで、前立腺のガンマーカーＰＳＡが高いから再検査しなさいという泌尿器科の先生の勧めで夏に血液と尿の検査をした。数値は下がったが担当医師は、

「年齢も年齢、生体検査をしませんか」

との判断を示され、入院検査に応じた。生体検査は前立腺に内視鏡を入れ、十四カ所に針を刺して細胞をじかに抽出する検査だ。後日、病院をおとずれると、

「ガンでした」

と医師もあっけらかんとガン告知を行い、

「ああ、そうですか」

と私もあっさりと答えていた。日本人の二人に一人がガンにかかる時代だ、いつかは来

ると思っていた。生体検査の結果、五カ所からガン細胞が見つかったという。

「五年ほど仕事がしたいのですが」

「五年ね、大丈夫でしょう」

との医者の言葉を聞き、正直ほっとした。

広げるだけ間口を広げ、シリーズが長期化した現在、作者には物語の結末まで書き終える責任があると思ったのだ。と同時に惜櫟荘修復は私の健康にかかっていると、そのことも案じていた。五年働ければなんとかなる、と安堵した。すると医師は転移の有無の検査のあと、治療方針を立てますと話を進めた。

転移のことは考えになかった。造影剤を血管に入れてのＭＲＩとＣＴ検査と骨の検査の結果が出るまではいささか危惧していた。ともかく肺にも骨にも転移がないことがわかり、治療方針の説明を受けた。

私が選んだのは前立腺を全摘せず、ヨウ素125をまぶしたシードを前立腺内に埋め込む小線源療法《ブラキセラピー》という手術方法で、そのためには馴染みの病院から別の病院に変わる必要があった。患者にとって医師が変わり、病院が変わるというのは結構しんどいもので、またこの療法に合うかどうかの検査は正直つらかった。その結果、前の病院での判断より厳しい状態を告げられた。ブラキセラピーと化学療法の併用が選ばれ、方針が立ったときにはすでに秋を迎えていた。

こんな騒ぎの中、二〇一〇年九月七日大安の日、惜櫟荘の上棟式が行われた。大工、左官、石工、建具、電気、土木など修復に関わる会社と棟梁親方職人衆、出入り業者を統括する水澤工務店、建築家の板垣元彬、構造の梅澤良三らの他にわが家の友人知人を招いたので、およそ五十人の賑やかな上棟式になった。

棟が上がった惜櫟荘の和室と洋間の仮床を張り、祭壇を設けて、起工式と同じく伊豆山神社の原口宮司にお祓いをしてもらい、宴に移った。

四斗樽と生ビールのサーバーを据えて弁松の弁当を用意しての宴だった。

手拭い二本組を上棟式の記念品として用意していた。

一本目は、私の最初の編集者にして『太陽』の編集長も務めた木幡朋介に私が描いた櫟の古枝に若葉が芽吹く図柄を見せて、それを参考にデザインしてくれないかと頼んだものだ。さすがは『太陽』の黄金時代の編集長兼デザイナーだ。なんとも見事な図柄を描いてくれた。もう一本は、私が撮影した惜櫟荘の屋根瓦をモティーフに、娘があれこれ切り貼りしたデザインだった。この二つをセットにして記念品とした。

この上棟式の日の正客は岩波淳子、律子の親子だったが、なんとも残念なことに淳子は、この日の余りにもきびしい猛暑のため式に出ることは出来なかった。

律子が上棟式の祝いとして二つの品を持参してくれた。

世界的な映画監督アンジェイ・ワイダの絵(次ページ)と安倍能成の書の二点だった。

「この二つとも岩波家が所蔵するより惜櫟荘においておくべき品だから」

というのが貴重な絵と書の贈答の理由だった。私は惜櫟荘とともに二つの作品を預かることになった。

ワイダ監督と惜櫟荘の関わりを記しておこう。岩波ホールの招待かなにかでワイダ夫妻が来日したとき、熱海を訪ねて惜櫟荘に一夜泊まったそうな。そのときの案内人が律子だったとか。夕暮れ、ワイダ夫妻を部屋に残して律子が去ろうとすると、夫妻は、

「えっ、ここに二人だけで泊まるの」

と、寂しげな表情をしたという。

次の朝、雨が降っていた。

律子が訪ねると、ワイダは洋間のガラス窓越しに見る相模灘を背景にした櫟と松の庭に雨が降る景色を写生していた。

そのことは以前に聞かされていたが、旅の徒然に描いた素描、簡単なデッサンだろうと考えていた。ところが絵を見て仰天した。何とも精密な筆遣いで、丹念な彩色が施されていた。

ワイダは惜櫟荘宿泊に際して絵の道具を持参していたのか。

感動したのは、ワイダが洋間の庭に面した三枚のガラス戸を額縁に見たてて、浮世絵

アンジェイ・ワイダの絵画

風の表現を選んだことだ。

歌舞伎愛好者の吉田五十八は、まるで歌舞伎座の舞台のように横広の開口部を(歌舞伎座の舞台の横長の比率と惜櫟荘洋間のガラス窓の比率は実によく似ている)居間に設けた。それをワイダは直感で悟り、横広のガラス窓をそのまま額縁に見たてたか、と考えた。

大学で映画を専攻した私にとって、ワイダは、『地下水道』や『灰とダイヤモンド』などの作品で対独レジスタンス運動を描いた映画監督として授業で習い、その作品は何度も繰り返し見せられた。驚異なのはワイダ監督の最新作『カティンの森』が公開されたばかりだということだ。五十年以上にわたる映画製作の情熱に圧倒されるポーランド映画人だ。

そんなワイダがなぜ浮世絵風のタッチで惜櫟荘から見た、雨の庭と相模灘と空を描いたか。

ワイダの履歴を確かめて得心した。

一九二六年ポーランド生まれのワイダは若い頃に日本美術、なかんずく浮世絵に強い影響を受けて芸術を志したとあった。だが、大学在学中に絵画専攻から映画へと転向した履歴の持ち主だった。彼は半世紀以上も浮世絵に関心を持ち続けて、一九八七年に稲盛財団の京都賞を受賞した折、その賞金四千五百万円を資金にポーランドのクラクフに日本美術研究センターを設立した。むろんこの金額だけでは足りず、岩波ホールの高野悦子らは岩波雄二郎の許しを得て、七年間にわたり募金活動を行い、十三万人の映画ファンの善意のもと、五億円の建設資金目標額を達成し、クラクフ日本美術研究センター設立に大いなる協力をなしたのだ。つまり彼は映画製作に携わる以前から浮世絵の研究者であり、日本の伝統絵画の理解者だったのだ。

三枚のガラス窓には当然真ん中に二本の枠がある。この枠をまるで屏風絵のつなぎ目のように利用して、横広の世界を強調している。余白に二カ所為書きがあって、左下には、

「岩波雄二郎」

のポーランド語の文字が判読できるゆえ、この絵が岩波雄二郎と映画ファンに感謝して

捧げられたと分かる。さらに右手には熱海の文字と、「広重」と読み取れる文字が認められる。ワイダは、この熱海・惜櫟荘風景を、敬愛する浮世絵の技法にのっとって描写したことを鮮明にしていた。

岩波律子から、ワイダ監督が雨の惜櫟荘の庭と海と空をスケッチしていたと聞いたとき、なぜか私は雨どいを持たない屋根から白い糸を引くように落ちる雨だれを描写したのだと思った。

だが、絵の雨は違った。

まさに歌川広重の『東海道五十三次・庄野』の峠の斜めに突き刺さる雨か、あるいは『名所江戸百景』のうち、『大はしあたけの夕立』を彷彿とさせる篠つく雨風のように描いている。

ワイダ監督は惜櫟荘の静的な雨だれより、広重の動的な雨を描いて、滞在記念の絵にダイナミズムの息吹を与えた。

上棟式の現場には職人衆が残り、かなり遅くまで宴が続いたようだ。板垣、梅澤、水澤、岩波律子らはわが家に移動して、こちらも四方山話で盛り上がった。その場でワイダの絵と安倍能成の書が披露されたのだが、どうしても地味な書より絵に人々の関心が向かうのは致し方ない。

安倍能成の書には「昭和壬辰(昭和二十七年)春　能成」とあるから『岩波茂雄伝』を書くために惜櫟荘に滞在した折、興が向くままに筆を執った書だろう。

「早起而初湯洗泉喫香柑」

の十文字だ。

律子に意を問うと、

「要するに早起きして温泉に浸かったら気持ちがよくて柑橘の香りが漂ってきた、みたいなことよ」

とそのままに答えてくれた。

安倍能成先生も岩波一族にかかってはかたなしだ。そんなわけで惜櫟荘の備品としてワイダの絵と安倍能成の書を預かることになった。

ともあれ惜櫟荘の上棟式の仕度と前立腺ガンの治療のための検査が重なり、めちゃくちゃに騒がしくて落ち着かない夏から秋が足早に過ぎていった。

五十八の灯り

近代数寄屋造りを推進した建築家吉田五十八の原点は惜櫟荘にあるとよくいわれる。おそらく昭和十六年（一九四一）完成以前の五十八作品で原形を留めているものは少ない、いや、ないであろう。

惜櫟荘を訪れる建築専門家のどなたもが、吉田五十八建築の創造性の萌芽と完成度の高さを指摘する。

昭和四十二年完成の世田谷区成城の猪股邸を水澤工務店の社長水澤孝彦の私家版写真集で拝見した。

建築年度が二十五年隔っているにも拘わらず、三和土《たたき》、軒下周り、外壁、玄関、高床、障子の扱い、横長の戸締りと開口部など、惜櫟荘とよく類似している。

いや、猪股邸の建築は五十八の晩年に近い作品なだけに、はるかに精緻にして複雑な直線構成になっている。だが、吉田五十八のエッセンスはすでに惜櫟荘に見てとれる。

ただ、一つ違うとしたら門構えだ。瓦屋根の門は、壁と柱で構成される吉田独特の処理の仕方で、なかなか
「堂々とした門構え」
だ。

その点、惜櫟荘の表門は、おかめ笹と石垣の間に冠木《かぶき》もない板門で、素っ気ない造りだ。おそらくこの門は、海際の崖地に惜櫟荘が建てられていることと関係しているのだろう。

板門を入ると、幅三尺にも満たない道が崖地を取り巻くように東から北に曲がって伸びて、最後は石段で惜櫟荘玄関前に辿りつく。

樹齢を経た松の大木の間を縫う誘導路は、視界が閉ざされ、光を見ない。

玄関に入り、正面に和室がある。和室の向こうは松の大木が生えた崖上で、ここでも視界は閉ざされたままだ。瓦が敷かれた廊下を鉤の手に曲がり、洋間に入ったとき、閉ざされた視界は一転する。

三枚の大ガラス戸の向こうに櫟と松が点在し、相模灘が飛び込んできて、初島がその広く解き放たれた景色の中央にある。

ときに大島が初島の右手に望め、大島を主石にすれば、初島と川奈の岬が脇侍石《きょうじせき》の配置で、

「心」の大きな文字が私の脳裏に浮かぶ。なんと壮大な庭造りか。景色の勢いは左から右へ、真鶴側から川奈へと流れて雄大だ。

薄闇の通路から光あふれる景色へと、演出は吉田五十八の真髄にして醍醐味だ。

さて、世田谷区が所蔵し、ＮＰＯ法人によって公開が運営される猪股邸は、住宅街の中に建築されたこともあって、この薄闇の迷路から光の世界へという演出は取りにくかったか。いや、広々とした玄関の正面が壁と障子によって閉ざされているのを見て、

洋室の照明．五十八らしいデザイン

「五十八マジック」の伝承がここにあると思った。

ほの暗い廊下を抜けた先の座敷の向こうに庭の緑が配置されて、この薄闇の迷路から広がりのある光の景色が演出されていると思った。だが、私は未だ猪股邸を実際にこの目で見ていない。写真からこう推測するだけだ。

今一つ、水澤孝彦の撮影した写

真を見ていて思ったことがある。

猪股邸は見事に修復されているが、五十八ゆかりの家具は一切ないように思える。

一方、惜櫟荘は建築家が家具までデザインし、洋間用のソファ一式、照明器具、和室用の文机、脇息などが残されていて、建築と家具、調度品が一体となって、吉田五十八の世界を総合的に醸し出し、完成当時の雰囲気を残している。

これらの家具、調度品も修繕が行われている。

五十八の弟子の一人、板垣元彬が所持する写真の中に、惜櫟荘にあった照明スタンドがあった。だが、岩波茂雄が書き物机で使ったと思えるスタンドは見当たらなかった。

そこで板垣が写真を元にデザインを起こし、復元を試みた。

十月一日、復元した照明スタンドがわが家に持参された。

台座と支柱は木製、笠の骨も木製で和紙が張られていた。

まず私たちは剛直にして、かつすっきりとしたデザインがまがいもなく吉田五十八の作品を表していることで考えが一致した。だが、復元の設計図を描いた板垣は、ひょっとしたら支柱は、

「なにか金物のような気もする」

と古い写真と復元されたスタンドを見比べたが、白黒写真から素材まで的確に推量することは難しかった。

点された灯りは和紙独特の柔らかい光で、笠の骨がシルエットになりアクセントをつけていた。

板垣は点灯されたときの骨のシルエットが少し太いことに得心できないらしく、機会を見てもう一度挑戦するそうだ。

私自身は、すっかり復元された照明スタンドに魅了され、惜櫟荘が完成の暁には、これまた修理なった書き物机に置いて、この灯りの下で原稿を書いてみたい欲望に捉われていた。

私には、グラナダのサクロモンテの丘の斜面にある、堀田善衞のマンションに居候して、対岸のアルハンブラ宮殿へ撮影に通った時期があった。

八〇年代初めの頃か、ちょうどスペインが独裁政権下から民主化してまもなくのことだ。それまでスペイン人が集団で旅するなど巡礼行くらいのものだった。それがアルハンブラに半日もいると、小学生や中学生くらいの子供たちが先生に引率され、イスラムの遺構見物にぞろぞろと次から次に訪れた。人の往来が絶えるのを待って撮影をと考えている私に、

「中国人《チニート》、なにしているの」

だの、

「なに、日本人《ハポネス》だって。撮影してどうするの」

だの話しかけてきた。

私は彼らが通り過ぎるのを待って、ドーム天井から降り注ぐ光に浮かぶアラベスク模様やコーランの教えが刻まれた漆喰とタイルの壁を撮影していった。

水音が高く低く響く無人のアルハンブラのせせらぎは、この地に永久の宮殿建築を企て、ついにはキリスト教徒にアフリカの地に追いもどされたイスラム教徒の呪詛のようにも聞こえた。

アンダルシアの夏の光は赫々として強烈だ。それを和らげる術をイスラム人は承知していた。アフリカの砂漠に生きた民は、幕舎を透す光が柔らかく変わることを承知していた。

グラナダの丘に永久にして巨大な、

「幕舎」

宮殿を建築した。

ドームの天井の内側に群れる無数の石柱に、窓からの光があたって散乱し、床に集う人々に柔らかく届き、さらに厚い石と漆喰の壁がアンダルシアの炎暑を和らげ、シェラネバダ山脈から引かれた水が石階段や噴水やプールに届いて涼を呼ぶように設計されていた。

砂漠の民は赫々たる光と炎暑をコントロールする術を承知していたし、実に光と影の使い方が巧みだった。

私たちがアルハンブラに遊ぶとき、闇の通路と薄闇の迷路、そして、突然現れる光の中庭、そこに中天から降り注ぐ強い光が差し込む時間は、限られるように四周の建物で視界が狭められている。さらに光と影の回廊を進むと、不意に雄大な眺め、万年雪を頂いたシエラネバダ山脈や、ダロ河をはさんで山の斜面に家々が宝石箱のようにちりばめられたサクロモンテが望める。

いささか強引な考えだが、崖地に引き回された誘導路と石段の先に玄関が待ち受け、鉤の手の廊下を抜けると相模灘が広がる光景は、どこか光と影の魔術師イスラムの民の建築構造と似ているように思えた。


夏の真っ盛り、スペイン語の新聞をソファに寝て読んでいた堀田が、

「佐伯、アルハンブラを夜間も開放するらしいぞ。予約だそうだが、貸切りも可能だと書いてある」

と遠まわしに予約しろ、と命じた。そこで私は撮影の合間に事務所に立ち寄り、予約を入れた。格別に貸切りにしたわけではなかったし、夜間の入場料がどれほどであったか、忘れた。忘れたくらいだから、そう高いものではなかったと思う。

その夜、堀田夫妻と私の三人はカルロス宮殿の駐車場に車を停めて、入城した。貸切りではなかったが、他に酔狂な見物人はいないので、実質的には私たち三人の貸切りだった。

暗い通路を抜けてアラヤネスの中庭に出た。

夜間の見物客のために格別なイルミネーションがあるわけではない。ただ、警備員が巡回するときの目安程度の照明があるだけだ。

「ふんーん」

と堀田が鼻を鳴らした。

なんだ、この程度か、格別に面白くもないという態度表明に、私も賛成した。

夜間は水の流れが止まり、漆黒の闇が宮殿のあちらこちらを占拠していた。

日中赫々たる光を建物の構造で闇から薄闇、さらに薄明かりへと多彩に変化させて表現する様と、夜の闇が宮殿全体を覆っているのでは、まるで意味合いが違った。それに水音もなく、五百年以上も前にこの地に住んだイスラム人も、なんとなく出番を失ったようで、

「闇と無音の宮殿」

見物はあっさりと終わった。

それでも夜のアルハンブラを去る前に見たサクロモンテの丘に点在する白い家々の灯

りの煌めきは、グラナダの何百年もの歳月を思い起こさせて魅惑的だったことを、堀田夫妻の思い出とともに今も胸に刻みつけている。

秋が深まって土居葺、屋根瓦葺が始まり、外壁の下塗に手が着けられ、床下にこれまでの惜櫟荘にはなかった空調設備が新設され、天井にも銀色の大きなダクト、ヤマタノオロチが天井裏をはい回されて、天井裏の景色が一変した。さらに家の内部では柱、欄間、棚板などの復元が始まり、浴室の腰石張が始まって、わずか三十数坪の家に二十数人の職人さんが働く日々が続いた。

玄関では、竹小舞が編まれ、荒木田土塗が行われて、日々、惜櫟荘は昔の景色を取り戻していった。

ベトナムへの旅

十一月に入って前立腺ガンの化学治療が始まった。この治療法の副作用としては女性の更年期障害に似た症状がでる人もいる、と担当医に言われ、最初にガンを発見してくれた北里研究所病院のＩ医師に相談した。すると、転地療養して気分を変えるのも一つの方法ですよとアドバイスされた。そこでスケジュールを算段して海外旅行をしてみようと決断し、二週間の時間を作った。

娘が「どこに行きたいの」と聞くからパリと迷わず答えていた。

私はどこの都市が好きかと尋ねられれば即座にパリと答えるほどのパリ好きだ。おそらく数日の滞在を入れればこれまで何十回、いや、百回に達するほど訪問しているだろう。どれもが友達の下宿に転がりこんだり、安直なホテルの類でのパリ滞在だった。なにがどう好きなのだと問い返されても困るのだが、パリは私を誘惑する魔力を秘めているとしか答えようがない。娘が、

「寒いわよ、それに時差もあるし」と渋った。たしかに時節を考えれば、パリは寒くて陰鬱に決まっている。そこで翻意して、南の国へ行くことに決めた。東西に移動するより南北間を飛んだほうが時差もないし、体にも楽という一点で、思い付くままにベトナムに行き先を定めた。

娘が同行することになり、折もよし羽田が国際空港として再び脚光を浴びた直後、私たちも深夜に飛ぶことになった。シンガポール経由だったが、その日のお昼前には、ホーチミンことサイゴン(こちらのほうが私には馴染みがある)に到着して、サイゴン川沿いの古いマジェスティック・ホテルに入った。

ベトナム戦争当時、開高健氏が定宿にしていたとか、ロビーに氏の写真が飾られてあった。娘と私は荷物を部屋におくと早速サイゴンの町に飛び出していった。私にとって『グッドモーニング、ベトナム』やコッポラ監督『地獄の黙示録』とは違った戦争後のベトナムに触れたい、漠たる想いのベトナム訪問だ。

私はスペインの闘牛取材行で旅のやり方を独習した。それは祭りから祭りを追って闘牛場、市場、キャンプ場の三点間移動の繰り返しだった。後年になっても私の旅はこの延長線上にあった。名所旧跡に関心が向かず、人々の息遣いが聞こえる市場や路地や酒場にいれば満足した。ついでに川が町を貫流している都市が無性に好きだった。

まずわれら親子の目に飛び込んできたのは、ホンダ(バイクの総称)の奔流だった。交通信号、横断歩道は少なく、交差点でも阿吽の呼吸のサイゴン・ルールで物事が進行しているように見受けられた。一斉に停止する場合もあれば、流れがまったく途切れずに続く場合もあった。歩行者はホンダの奔流を、歩みを止めることなく、ただひたすら前進する。最初は土地の人々の後ろに従い、止まらず、後戻りせずと自らに言い聞かせながら進むと、バイクが見事にわれらを避けて走り去るのだ。途切れのない群れをなすホンダは、混沌にして整然と統一されている。

これが中南米などラテン諸国なら流れは一方向ではなく、流れに逆らい走るもの、横切るものと三次元的な混沌状態だろう。当然、交通事故も頻発する。だが、この地、サイゴンでは流れが一方向にむかい、ちゃんと抑制されていた。

スーパーカブに二人乗りして鶏を三、四十羽積んでおばちゃんが走る。鶏は市場に運ぶのか、生きたままだ。青いバナナの山が走っていると思ったら、運転手、助手の二人組が体の前後左右に青いバナナを積んでいるので、そう見えただけだった。体に蛇腹ホースを巻き付けてミシュラン状態のホンダ。運転手と後ろに乗る二人でベランダの鉄柵を担いで走るバイク。人間五人乗り、生きた豚七、八頭、ビニール袋に入れた金魚を満載したホンダ。冷蔵庫、植木、梯子、犬、なんでもありのベトナム・サーカス、サイゴン雑技団だ。

私と娘はホンダの奔流を見ただけで、ベトナムに来た甲斐があったと思った。生きがいというか活力を貰った気がした。マジェスティック・ホテルは、サイゴン河畔右岸に立地していた。私は近代的なホテルよりたとえ湯の出が悪くとも時代を経たクラシカル・ホテルが好きで、ホテルの窓から町の雑踏や川の流れを見下ろすことができたので大満足だった。

惜櫟荘は十一月に入り、瓦職人が入って、葺き替えが始まった。その前に一つ手作業が見られた。屋根の垂木の上に野地板と称する下地板を張る。この野地板は昔のものを再利用できた。さて、十数センチ四方の手割りの薄杉板を野地板の上にきれいに敷き詰める。この作業は出雲大社の屋根葺きにも拘わったという職人が一人で受け持ち、二週間ほどかかった。手割りの杉板は木目の筋にそって風が通り、通気性に優れているそうな。

この作業を現場ではトントンという。昔は薄杉板を竹釘でトントンと止めていたからこう呼ばれるとか。

杉板トントンが、複雑な惜櫟荘の屋根全体に敷かれた景色はなんとも清々しく、瓦で隠されるのが勿体ないと思えたほどだ。このトントン葺き上に屋根の隅から瓦を黒漆喰で固定し、釘で止める作業が始まった。

七十年前に葺いた京の大佛瓦で使えるものが七割余り、不足分の三割が新たに三州瓦で焼かれて、古い大佛瓦と新しい三州瓦が混在の葺き替えになった。栢沼作業所長の予定では、およそ二カ月間の工期であったが、これが意外な難作業になった。

古い大佛瓦の反りがまちまちで、新しい三州瓦とぴたりと合わない。そこで職人は一枚一枚、微妙な反りと弧をグラインダーで削って、調整する作業を強いられることになった。このために時間がかかり、大屋根をかけた工事場には常に粉塵が舞っていた。

ホテルの窓からサイゴン川の流れを見ているうちに、サイゴンの河港からメコンデルタに向う船便はないものか、と思いついた。娘がホテルのレセプションや旅行会社をあたったが、サイゴン川遡行はないという。諦めかけたとき、道が開けた。国営旅行社で運航しているという。

私たちは再びホンダの奔流を横切り、国営と称するにはいささかお粗末な旅行社で手続きを済ませ、料金を支払った。お昼御飯がついて二人分四十六ドルほど。えらく安いのでいささか不安になった。

翌朝、ホテルのロビーで、待ち合わせた刻限前からやきもきしながら待った。一時間余り遅れて到着したマイクロバスには一組だけカップルが乗っていた。

バスは市内あちらこちらを回りながら、バックパッカーを拾って走った。乗合い客の風体から察するに、実にハードにしてコアなツアーと見受けられた。市内周遊が終り、ガソリンを給油して、ようやくサイゴン川の船着場に向って出発か。だが、バスはサイゴン郊外に向ってひたすら南下(?)を始めた。

がたがた道で道路状態も悪く、スピードもでない。あちらこちらで工事をしていて、われら親子は少々不安になった。船着場どころか、どんどんサイゴン川の岸辺から離れていくようだ。

もしかしてメコンデルタのミトーに向ってのバスツアーか。不安を乗せたままバスは二時間余り走り、メコンデルタの水運の要衝ミトー河港に到着した。やっぱり普通よりエコノミーなバス・ツアーだったか、と少々がっかりもし、諦めもついた。なにしろ料金が料金だ。メコンデルタを見られただけでもいいや、と考えを変えた。

バスから島巡りの船に乗り換え、最初にココナツキャンディー工場見学(なんとも素朴な家内工業)で、ココナツキャンディーの風味はよかった。メコンデルタのジャングルを巡るボートクルーズがハイライトだった。

シンガポールから遊びにきたという若い夫婦と同席の昼食もまあまあだし、なにより昼食の時間に同行者と話せて分かったことがあった。全員が最初どこに連れていかれるのだろうと不安に思っていたそうな。不安は私たちだけではなかった。その直後、復路は水上組と陸上組に分かれることが判明した。

陸上組は、あのがたがた道をバスでまた帰るのかと不安に思ったらしく、なにがしかドルを払い増しして、水上組に振り替えるものも現れた。

遅い昼餉の後、われら水上組が船着場に連れていかれると、少々年式は古いが、ガラス張りの高速ボートが待ち受けていた。

ここにきてようやく思い付きが現実のものになったことを私は実感した。

水上組は十数人だった。メコンデルタの大きな流れをどちらに向って進むのか、分からないままに走り出した。そして、川幅五、六十メートルほどの運河に入り、網の目のように入り組んだ運河を蛇行しつつ、時に別の運河に移り換えて、進んでいく。運河観光は全く開発されてないと見えて、私たちのボートが見えると、岸辺から子供らが手を振り、大人は物珍しそうに見つめていた。メコンデルタの暮らしの中で、私たちを感動させたのは行きかう船だった。ゆったりとした船足の運搬船の多くは川砂を運んでいて、家族や犬が船上で生活し、女たちは運河の水で髪を洗い、夕餉の仕度をしている光景が間近に見られた。

私はベトナムに格別なにかを求めてきたわけではなかった。だが、水上から垣間見る光景に眼を凝らして彼らから英気をもらった。

昭和二十年(一九四五)八月、終戦の後、母の故郷である熊本県北部の山鹿に、混雑した列車のデッキで母の背におぶわれて私は疎開した。植木駅でおりて山鹿までどのルートで行ったのか。

三歳半の私の胸の奥に鮮烈に刻まれる風景がある。菊池川と思われる清らかな流れを渡し船でいく光景だ。そこには戦争の傷跡はなく、長閑で平和だった。

今でも私は川の流れを見るとほっとする。パリが好きなのはセーヌ川があるからだ。メコンデルタからサイゴンへの短い船旅で、私は自分の過去へ、まだ十分に未来を持っていた幼き日に、戻ったような気がした。

三時間の船旅のあと、高速ボートは暮れなずむサイゴンの、そうマジェスティック・ホテルのすぐそばの船着場に到着した。

サイゴンの町に冷たい雨が降っていた。

同行の者たちはまたマイクロバスでホテルまで送られていくという。

私たち親子だけが雨の中を歩いて、ホンダの激流を乗り切り、古いホテルに戻っていった。

ホイアンの十六夜

化学療法の副作用かどうか、町を散策しているときにいきなりやってきた。

「お父さん、すごい汗よ。どうしたの、背中がびっしょりよ」

娘が叫び、私も気付いていた。急に体じゅうが火照り、汗が流れだしてきたのだ。すぐにホテルの部屋に戻り、シャワーで汗を流した。その日、何度シャワーを浴び、濡れた衣服を取り換えたか。

そんな症状がまる一日続いた。

私たちは五日間滞在したサイゴンから中部の町ホイアンに移動した。こんどのベトナム旅行でただ一つわずかばかり知識があった土地だ。大航海時代、この地に日本人町があったということを私は知っていた。

新シリーズ「新・古着屋総兵衛」を始めるにあたり、なんとはなしに十七世紀初頭まであったという日本人町の残香を訪ねてみたい想いを抱いていた。

ダナンを経由してホイアンに入った日、おりしも満月だった。ホイアンでは毎月十六夜に紙製、布製の提灯を飾る風習があって、ランタンの祭礼を催すという。

私たちはまずホテルでレンタル自転車を借り受け、中央市場に行って花を買った。お線香とライターは日本から持参していた。花を荷台に括りつけ、十八世紀の木造の店並み家並みが続くメインストリートを東から西にぬけ、ダナンへの街道を北に向かうと、町並みが途切れて牧歌的な田園地帯に出た。

ホイアンはチャンパ王国の海のシルクロードの中継港として栄え、大航海時代には、日本人町、中国人町、ポルトガル人商人や宣教師も居留する国際河港だったそうな。

十月から十一月、冬の季節風に乗って長崎を出た朱印船は、広州を経ておよそ四十日でホイアンに到着したという。帰りは翌年の七月ごろ、夏の季節風が朱印船を後押ししてくれる。イスラム商人たちが開発した海上ルートが確立していたのだ。

私たちは田圃の真ん中にある谷弥次郎兵衛の墓を目指して、湿った光の中を快適にマチャリ(日本から中古自転車が大量に輸入されているらしく、どこの駅前にも駐輪されていた一昔前のタイプのものだ)を漕いでいると、どこからともなく自転車に乗った男が現れ、こっちだこっちだ、という風に案内しようとした。私たちのように気まぐれの日本人がいるのか、墓に案内して金を請求しようという男だった。その証拠にベトナムの長い線香を持参していた。

ホイアンの町を自転車で行く．右＝著者

私は何度か日本語と仕草で断ったが、男はしつこかった。いささかの金銭を惜しんだわけではない。旅人は自分なりのスタイルで旅を楽しみ、われらの祖先が眠る地を訪れ、物思いに耽りたいと思うものである。そんな想いを他人への気遣いで壊されることが嫌だった。

私たちはおよそ墓の見当はついていたが、その道を通り過ぎて男をまこうとした。男は自転車を止めて、私たちの動きを見守っていた。娘と話し合い、相手にならないことにして再び墓地に向かった。すると男が従ってきた。だが、私たちはもはや目を合わせることなく、無視することにした。それでも墓地に着くと手真似で写真をとろうか、線香に火を点けようかという仕草をした。

私たちは日本から用意した線香に火を点けると、日本の方角に向いた墓前で合掌した。ざわついた思いで谷弥次郎兵衛の墓を離れ、近くの農家の庭にあるという藩次郎の墓へ向かった。

狭い庭に関帝廟といっしょに藩次郎の墓があった。一家がこの墓を守っているらしく、私たちが日本語でお参りをさせてくれと願うと、お婆さんと息子が頷いて、それ以上の口出しはしようとはしなかった。おかげで最前の不快の想いを消し去ることができた。

老婆になにがしかの寄進をして、墓守をこれからもお願いしますと日本語で願い、自転車でホイアンの町に戻っていった。


ホイアンは一九九九年十二月に世界文化遺産に登録された。その大きな理由は二つだ。歴史的な国際交易河港としてトゥーボン川沿いに発達した町の形状が保存されていること、またベトナムの伝統的な木造建築がこの町にしか見られない点であった。

ベトナムは二十世紀の幾多の戦火の時代に数多くの建造物が破壊され、消滅した。だが、フランス統治時代にはフランス軍が、ベトナム戦争の折にはダナンに米軍が駐屯していたため、なんとか昔ながらの雰囲気を留めることができた。

ホイアンは一九九四年から歴史的な街並み保存と修復に取り組み、五年後には世界文化遺産に登録という成功を収めていた。

墓参りから戻ったあと、娘と私は本格的にホイアンの町巡りを始めた。

間口が狭く、奥行きが深く、中庭を持ち、裏路地まで突き抜けている形式は京の家並みそっくりで、ついでに小路のように狭い路地が、直線か鉤の手で発達し、小さな広場に接したり、家の裏口にぶつかったりする様は、なんとも魅力的だった。そして迷路の点景は掘り抜き井戸だ。狭い路地の真ん中に堂々と井戸がある様は、この町の地下水脈の豊かさを示しているのか、あるいは水が枯渇しているのか、旅人の私を迷わせた。

ホイアンの町にかつて日本人街があったことを示す遺跡は、チャンフー通り西の端の運河に架かる、日本人橋とも来遠橋とも呼ばれる屋根つき橋だ。

日本人が普請したにしては中国チックだし、橋の中央に付属する寺も中国寺に見える。おそらく日本人が去った後、中国人によって橋に手が入れられたのではないか。ともかく橋の名に、数少ないわれらが先祖の活躍が残され、語り継がれていた。

小路巡りに疲れた私たちは、表通りのチャンフー通りのカフェに入って一休みした。路面よりどの家も店も高くしてあるのは雨期の大水に備えてだろう。

私たちが入ったカフェは一メートルほど高くなっていて、テラスの椅子に座ってタイガービールを飲んだ。壁には町が水に沈んだ写真が飾られ、ホイアンが東南アジアのヴェネツィアであることを教えていた。

ホイアンの市場を見たときから、なんとなく食処と推察していた。事実、この河港に滞在中、食した料理でどれ一つとして不味いものはなかった。なにより旅人にとって、これほど胃の腑に優しい料理を私は知らない。名物の汁なし米麺のカオラウ、透き通った面がまさに名前どおりのホワイトローズ、それに揚げワンタンと、どれもおいしかったし、川魚料理も美味だった。

その夜は満月、ランタン祭りだ。

娘と私は宵の口からグエンタイホック通りから、夜の装いにがらりと雰囲気を変えたチャンフー通りへと押し出した。

どの家にもどの店にもランタンが灯され、なんとなくわくわくした気分になる。

写真に過ぎないが、名古屋の情妙寺に伝わる茶屋新六交趾貿易渡海図を見たことがある。朱印船時代に渡った日本人が、この町で形成した家並みは長さ三丁もあったという。季節風に乗って日本から辿りついた河港のホイアンは、色とりどりのランタンを灯して迎えてくれたのであろうか。渡海図に描かれた町並みそっくりの、現代の家並みが光に照らされて、時代を何百年も遡らせてくれた。

満月はトゥーボン川の頭上におぼろに浮かび、水面には、色とりどりのランタンの灯りが映っていた。胡弓に似た楽器の嫋々とした調べにのって歌われる清澄な歌声は、旅

旧・惜櫟荘の柱.「上棟 岩波茂雄」と記されていた

人を静かな興奮に誘った。

私と娘はランタンの灯りに酔ったか、タイガービールに酔ったか、判然とせぬままにホイアンに流れる時をいつまでも楽しんでいた。

滞在十一日のベトナムの旅を終えて熱海に戻ってみると、相変わらず瓦職人は屋根の上で瓦を削った粉塵に塗れて格闘していた。惜櫟荘全体を大屋根が覆っているので、粉塵もグラインダーの音も籠り、職人の作業を悩ましていた。大屋根は、雨の日も作業ができるように、また作業音を近所にまき散らさないためのものだから致し方がない。

瓦職人は遅々たる作業に苦労していたが、本屋根の下では、川本棟梁ら大工方が急ピッチで壁に小板、木摺りを張り、洋間の天井に飾りの棹縁を元の位置に戻して、確実に作業が進行していた。さらに、師走から正月休みを挟んで、外壁左官工事が始められた。

掻落しという塗り壁の仕上げで一旦塗ったリシンを剣山などで掻落して粗面の風情をつ

ける壁塗りだ。だが、ここでは鏝先で掻落して粗面にさらに微妙な風味を加えた、職人ならではの芸だった。

ついでに言う。惜櫟荘の洋間の壁も天井も聚楽壁仕上げだ。だが、外壁と異なり、掻落しはしない。

正月二十一日、天井の棟木に棟板が戻されることになった。

昭和十六年建築の幣串は二寸角のもので、

「上棟　岩波茂雄」

と簡素なものだった。今回の修復の棟板は、古式に則り山型に切り取り、上下の寸法は門尺の吉寸に合わされた。表には左図のように伊豆山大権現の祭神の名などが記され、裏には施主佐伯泰英、設計板垣元彬、施工水澤工務店の名が墨書され、新旧二枚の幣串と棟板が並んで取り付けられた。そして、天井が塞がれ、棟木も暖房などのダクト、ヤマタノオロチも棟板も姿を消した。この次、棟板と幣串が人の目に触れるのはいつの日か。

体調管理のために一週間に一度、鍼灸師の治療を受けている。その鍼灸師がベトナムの旅から戻った私の脈を診て、

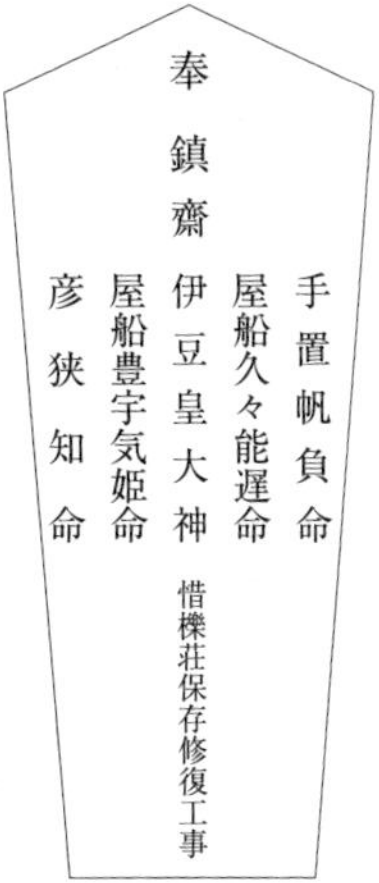

「おや、これは素晴らしい。ベトナムの旅がよかったようですね、どくんどくんと切迫したような脈が、実に落ち着いた柔らかい鼓動に変わっていますよ」

と言った。

ベトナムの水辺の風景や香草たっぷりの麺料理やベトナム人の力強さが、私の体によい影響をもたらしたことを正直喜んだ。

一間の雨戸

新年になって惜櫟荘の修復作業は急に忙しさを増した。建物外側の腰壁の丹波石貼り、外壁下塗り、浴室の御影石湯船工事、これに大工仕事と屋根瓦工事が加わり、職人さんが十数人、多い時で二十人を超える日もあった。

外壁はリシンの掻落し仕上げだが、下塗り、中塗りとそれぞれ数回ずつ壁土が塗られ、乾かす作業が繰り返された。

ほぼ同時並行的に造園屋の職人衆が腰壁に丹波石を貼り戻す作業に入った。こちらは七、八人それぞれの分担区域を、解体前の写真を見ながら、剝した丹波石を貼り戻していく根気のいる仕事だ。大小かたちも厚みも異なる石を組み戻していく作業は、想像力と忍耐力がいるように思えた。新しい石を使用するわけではない。これまで使われていた石には、当然よごれやセメントが付着してかたちが変わっていた。余計なものを丹念にはがし、本来の石に洗い戻す。そんな過程でそれぞれの石が微妙に模様を変える。そこをどう復元するか、巨大なジグソーパズルに似た推理ゲームは夜遅くまで続くことがあった。ある程度、丹波石が組み戻されていくと、腰壁の景色が見えてくる。

私は解体以前の腰壁の写真と見比べて、今回の作業のほうが手間と時間がかかっていると思った。それは岩波別荘の時代から造園屋として惜櫟荘に出入りしている芳香園の親方の話が耳に残っていたせいかもしれない。惜櫟荘を譲り受けたとき、私は惜櫟荘の植栽の世話を土地の植木職人に継続してもらうことにした。

芳香園の親方の話によれば、丹波石を貼ったのは先代の親父だという。

「うちの親父は遊び人でね、お袋に隠れては芸者遊びして、朝方家に戻るのが嫌なもんだからよ、芸者屋から惜櫟荘に直行しては腰壁を貼っていたもんら。雨の日などもやってきて、隠れ遊びを隠すために独り仕事をしたら」

当代の親方も細面で、きっと先代も女泣かせのいなせな風貌だったのだろう。

昭和十五年(一九四〇)当時、戦争の最中とはいえ芸者屋から普請場に直行するなど、古きよき時代がこの熱海には残っていたのかもしれない。酒の酔いが残る手先で丹波石を貼ったせいか、今回の造園職人衆の勤勉な手とはだいぶ違ってみえる。石と石の組み合わせが緩いというか、どことなく間延びしているように思えた。それが大らかといえば大らか、艶といえば艶か。だが、今回の丹波石貼りは石と石の間に計算された緊張感があって、それが全体の景色をかっちりとしたものにしていた。

左官工事では外壁の目処がついたか、内部の壁塗りも始まった。玄関を入った右手の壁は小舞で編まれ、スサを混ぜた荒木田土での下塗りが始まった。

スサとは苆と書く。漆喰壁や土壁に亀裂が入るのを防止するために、土に繊維質の素材、藁、麻、紙などの自然素材を混ぜたものをこう呼ぶそうな。惜櫟荘では椰子の繊維が使われた。

私はこの修復工事を通じ、日本壁の強靭さの秘密をいくつか知ることになる。

私は惜櫟荘の解体工事の時から謎に思っていたことがあった。壁に接する柱や横架材に、びっしりと隙間なく小さな釘が打たれて残っていたことだ。その釘がなんのために使われたかわからなかった。その謎が今回の修復過程に入り、判明した。壁塗り工事が始まったとき、職人衆が麻のリボンのようなものを釘で打ち付けていた。また小さな布きれのようなものも柱に繋ぎ止めた。「それはなんのためにしているのですか」と職人に聞くと、「壁と縁を切るためよ」という短い答えがあった。

壁と縁を切るため、と答えられても全く理解がつかなかった。そこで左官の親方に改めて問い直した。

「麻のリボンは散りとんぼ、布きれはのれんと呼ばれてね、柱面と壁面に隙間ができぬようにさらし麻を束ねたものを短釘と横架材に結び付ける技の一つだね。まあ、先人の工夫です」

という答えだ。よく見ていると、左官職人は下塗りをした壁の端(散り回りと職人は呼ぶ)に茶色の稲荷山土でとんぼやのれんを丹念に塗り込めて、柱面と壁面が離れないよう仕掛けを作っている。その上に中塗りを何度か加えて壁ならしをする。

私は老職人の言葉を聞き間違えたようだ。「壁と縁を切るため」ではなく、異質な素材、柱面と壁面の間を「強固にする役目」がとんぼやのれんに託されていたのだ。「壁と縁を切る」ではなく「縁をしっかりと結ぶ」が正しい表現か。

惜櫟荘の修復工事で壁が出来たころ、娘の知り合いが、ユネスコの世界遺産の修復に関わってきたイタリア人研究者に惜櫟荘を見学させてあげてくれないかと言ってきて、ある日熱海の工事場を訪れた。

イタリア人にしては無口な研究者は、興味深げに職人の手仕事をあれこれと見て回ったあと、私たち親子に、

「これほどしっかりとした修復が個人でなされていることに感銘したよ。世界じゅうの修復の現場に携わっている研究者の私から見てね、懸念を表明すると、天井の棟の頑丈な造りに比べて縦の線、壁面がや﹅わ﹅におもえるのだがね。私の目にはこの壁面ではひねり、ねじれに弱く映る。日本は地震が多い国なのだから、今少し壁面の強度に注意を払ったらどうだろうか」

と提案というか忠告を残していった。

この話を建築家板垣元彬に伝えると、笑って、

「石造りと木造建築の違いですね」

とだけ答えた。

イタリア人研究者の言葉は、本来日本の木造建築がもつ弱点を敏感に捉えたものと素人の私には思えた。

惜櫟荘は壁面には北山杉の床柱くらいで頑丈な大黒柱などというものは一切見当たらない。その辺をイタリア人は案じたのだが、この華奢、シンプルが近代数寄屋造りの魅力といったら素人の独断となるか。

地震大国日本で近代数寄屋が巨大なエネルギーに耐えられるとしたら、丁寧な大壁造りにあるのではないかと、三月十一日に思い知らされることになる。

M9の大地震が東日本を襲ったとき、惜櫟荘はゆったりとした横揺れに長時間見舞われた。心底恐怖を感じさせる大地震だった。しかし、その瞬間、世界史の中でも特筆されるであろう未曽有の地震と津波とは予測できなかった。

その日、惜櫟荘では外壁の仕上げが行われていた。だが、あの揺れに大壁ばかりか建物のどこにも罅《ひび》一つ入らなかったし、何度も塗り固められた日本壁の強度と建築の妙を思い知らされた。

大正十年に発生した関東大震災は、日本家屋の欠点を露呈した。真壁《しんかべ》構造の家が多く倒れ、この構造は地震の水平力に弱いことが分かった。

和風建築の伝統的な形式は、「木割り」という「規矩《きく》作法」の確固とした教えに行きつくという。この規矩作法によって、建築の各部材の寸法が決められる。柱の太さを基本にして、鴨居、長押などの寸法を比例的に決定し、床の間や違い棚の細部までが割り出されるというのだ。屋根も垂木の太さを基準にして、各部の寸法が割り出される。日本建築とは、柱と垂木の太さによって家全体の設計ができるから、「木割り」は各棟梁の秘伝として守られてきたそうな。この木割りが和風様式を固定化し、新たなアイデアを阻んできた。

日本建築が誇る数寄屋の美は、徳川中期に完成した「桂離宮」で頂点に達したと吉田五十八は考えた。だが、それ以降は、発想は衰え、模倣や細部だけが受け継がれ、設計が硬直化していった。

吉田五十八が唱えた「近代数寄屋」はそのカラを打ち破ろうとした考え方だった。

近代数寄屋がいきとしたデザインを得るためには、「木割り」からの脱却が必至のことであった。しかし、近代数寄屋を創造する吉田五十八には、日本家屋の特徴、柱を露出させる、真壁を超越する必要があった。真壁とは柱の芯に壁を嵌め込み、外部にも室内にもはっきりと構造的な意義と美が表現され、強調される。材料の強度と荷重の大きさは、およその「感じ」といった曖昧な太さと間隔で割り出され、建てられていた。この木割りは、長年日本家屋の構造を司ってきたのだ。

ところが関東大震災が、この木割りから生み出された真壁信仰を徹底的に破壊した。

前述したように吉田五十八が、

「江戸の数寄屋っていうのはバラックなんですよ」

と言いきる所以か。

日本家屋を耐震構造にするには、斜めの材、筋違や補強金物が必要となってきた。しかし従来の真壁構造では、斜材や金具が露出して「見場」が悪い。

関東大震災は、真壁構造から西洋木造建築のような大壁構造へと、大きく変化させた。大壁とは、建物の内外の壁の中に、仕上げ材で柱や梁の構造体を隠した壁のことだ。

吉田五十八は、独自の大壁構造を取り入れて、従来の木割りを打破し、新しい感覚の数寄屋を生み出したのだ。それまでの古い「型」に嵌った外観や内装を一新して、新感覚の日本家屋を創り出した。つまり構造と仕上げを分離することにより、構造の決め事から離脱して、自由な仕上げ、強度を得たのであった。

惜櫟荘の斜材や最新の補強金具は、大壁の中に隠されて、仕上がったとき、武骨な補強材は一切顔を出さない。ちなみに今回の耐震構造には、筋違の代わりに構造用合板を用い、大壁に隠した。もう一つ、基礎のコンクリート床に固定したホールダウン金具を各柱下部に接続して耐震性を増した。だが、これらは床下や大壁に隠され、柱すら大壁と一体化して「繊細」にして「簡潔」を演出している。

このような考えを私は、谷口吉郎の文章(昭和二十九年八月号『芸術新潮』)『吉田五十八』の論文から知ったが、長唄好きの吉田の近代数寄屋を、谷口は簡潔に、

「凍れる長唄」

と表現した。これは西洋建築で「建築は凍れる音楽」と表現することと模して、近代数寄屋の美しさを造形的に演奏していると称えたのだ。また、

「くすんだ京壁。その広い壁面に、形よく建てこんだ面皮《メンカワ》の柱。それに取り合せた細い鴨居。天井の杉板も吹き放され、こまかい神経の通った棹縁(サオブチ)が、流れるようだ」

と付言した。まさに惜櫟荘の建物が、谷口の表現の的確さを教えていた。

石造り建築の修復現場を渡り歩いてきた建築家にしても、近代数寄屋建築の大壁の中に隠された「強度」は理解できなかったようだ。

後に自らが携わったルーマニア・プロボタ修道院の修復の模様を記録した、大部にして立派な写真集と絵図面を送ってきてくれた。それをめくりながらやっぱり石造りと木造建築は根本的に違うと思った。

木摺りをびっしりと張った洋間の壁にも下塗りが施され、段々と天井裏が見えなくなり、天井の飾り梁が元に戻され、飾り梁と飾り梁の間に棹縁の取り付けが始まり、さらに照明器具の戻しも行われた。

屋根では瓦職人が鬼瓦の取り付けを始めていた。

惜櫟荘の建具はすべて取り外され、埼玉の建具会社に送られ、工場で再生のための手入れが行われることになっていた。板垣たちは二月に建具の修復具合を確かめに行ったとか。その写真を見せてもらった。

七十年余を経た木製の建具で再生が不可能なものの一つが洋間の大きな雨戸だった。ここまでの章で何度も書いたように、吉田五十八建築の魅力の一つは、広い開口部にあった。

洋間の開口部は、横およそ三間、防犯、断熱、遮音、遮光のための雨戸の三枚組だ。一枚の雨戸の幅は百八十三センチ、高さは二百五十三センチと大きい。高さがあるのは、雨戸の下部が床面の敷居ではなく、地面に敷かれた石の敷居に嵌っているからだ。

内側から障子戸三枚、ガラス戸三枚、網戸三枚、雨戸三枚の十二枚、「十二単」と呼ばれる所以と以前にも書いたが、内側の障子戸とガラス戸の敷居は洋間の床面だが、網戸と雨戸は、丹波石の腰壁下の石の敷居で、そのためになんとも高い雨戸サイズとなっ

和室と洋間の開口部「十二単」(撮影：言美歩)

た。

台風シーズン、惜櫟荘には真鶴半島から巻き上げてくる強風が吹きつける。七十年余を経て、潮風と雨などに晒された雨戸の目板も竪桟も横桟も中桟も痩せていた。そこでここだけは完全に作り直すことになった。なにしろ一枚が一間もの大雨戸だ、風の圧力がもろにかかる。台風時には複雑な備えをしなければならない。惜櫟荘と一緒に私は台風防備セットも譲り受けた。八本の丸柱には、墨字で「洋間西ノ一」とか「和室東ノ一」とか書かれ、網戸のレールを利用して、雨戸の真ん中部分に立て、麻縄で三寸丸太を雨戸の内側に縛りつけていき、内側から雨戸を支えて強風に耐えようという算段だ。最初の台風の到来時、この丸柱を立て回す作業に二時間近くもかかった。できることならば台風防備セットはなしにして簡便強固なる雨戸を考えてほしいと板垣に願っていた。板垣はあれこれと思案した結果、一間幅の雨戸の真ん中に、鉄芯を埋めた中桟を通すことでこの問題を解決した。新しい雨戸を外から見ると、一見六枚の雨戸に代わったように見える。だが、中桟を入れたためにそう見えるだけで、実際は本来の造りの三枚の大雨戸だ。

戸締りの上げ猿、落し猿を嵌めてみると、がっちりとして、真鶴半島から吹き上げる台風にも耐えられ、武骨な柱の登場を願うこともない。なんとなく秋の台風の到来が楽しみになった。

二月初旬、予定どおりにヨウ素125をまぶしたチタン棒を前立腺内に埋め込むブラキセラピー手術を行い、わずか四日間で退院した。私の前立腺ガンは自覚症状があったわけでないから、なにがどう大幅に改善されたということはない。だが、これまでにも増して頻尿になった。命を救ってもらったと思えばこの程度の差しさわりは致し方ないか。ましてや未曽有の地震、津波、原発災害のあとでは文句のつけようもない。

画家グスタボ・イソエ

私がスペインにおいて、闘牛の取材を集中的になした時代は一九七〇年代前半だ。当時、現代闘牛の黄金期、闘牛が最後の輝きを放った時代かもしれない。動物愛護思想の高まりとともに「野蛮」の一語で糾弾されて、カタルーニャでは闘牛全面禁止になり、衰亡の道程を歩み始める。これはこれで時代の趨勢、致し方のない話だ。

まだ闘牛が光彩を放っていた時期、闘牛愛好家の洋画家鴨居玲から何度か連絡をもらった。

鴨居はスペイン在住の日本人画家の大親分のような存在であったが、私には鴨居の厚意に応える気持ちの余裕がなく、内に籠って、ついに稀代の画家と会う機会を失していた。

後に鴨居の作品、老残の闘牛士が古びた光の衣装の上着だけを羽織って酒場のカウンターに佇む背中を見たとき、ああ、会って話をしておけばと悔やんだものだ。静止した一瞬に闘牛の影の部分が、人間の哀しみが凝縮されて見えた。

真摯に抽象絵画と向き合ってきた、畏友にしてマドリードのエチャガライ通の住人の島真一(島家には、堀田善衞一家を筆頭にどれほどの日本人が世話になり、通過していったものか)とは三十代前半から死の時まで長い交友が続いた。この島を通じて私が住んでいたアンダルシアの村にサイドカー付きのスクーターで乗り込んできたのが戸嶋靖昌だ。その出で立ちはまるで神風特攻隊員のようで、殺気に満ちた風姿と風貌を醸し出していた。模索する自らの芸術と血まみれな戦いを繰り返していたのだろう。そんな孤絶感と切迫感と存在感と、そして韜晦に隠された優しさが生き方にも絵にも漂っていた。

あの当時、スペインにいた日本人画家は生と死を賭して画業に励んでいたような気がする。

そして磯江毅、グスタボ(つ、よ、し、とスペイン人が発音するのは難しいのでこう名乗ったそうな)・イソエ。その履歴を改めてみると、私がスペインから引き揚げた七四年に渡西している。東京芸術大学への進学を断念して二十歳の春にマドリードに渡ったとか。私とはすれ違いになり、出会いの機会を失っていた。だが、共通の友人、戸嶋や島や昭和女子大学の木下亮教授がいたために、晩年の十年余、交際を持つことができた。

私は絵に対して確固とした見方があるわけでもなく、審美眼も乏しい。ただ直観をたよりに好きな絵を見分けてきた素人鑑賞家に過ぎない。

磯江の「深い眠り」や「新聞紙の上の裸婦」に接したとき、肌に泡が生じて総毛立つ経験をさせられた。両腕を胸の下で組んだ裸の女性は虚空に浮遊している。そこには時も空間も重さすら存在せず、ために却って永続性を感得させた。新聞紙という情報の集積に裸体を曝して眠る女のなんと無警戒で魅惑的なことか。

この絵を描いた時、磯江はまだ四十前後であった。

そのとき、彼はアントニオ・ロペス、エドゥアルド・ナランホ、マヌエル・フランケロらがメンバーだったマドリード・リアリズム派の絵描きの一人であった。磯江は八〇年代から九〇年代前半までマドリード・リアリズムに傾倒し、彼らのグループ展に繁く参加したと木下はいう。マドリード・リアリズムの指導者であり、中心的な画家アントニオ・ロペスはイソエ芸術をこう評する。

「魔術的イメージは明らかに現実であり、現実世界の神秘的なもの、それは明らかに日常的なもので、イソエはモノの細部まで深く入り込んで客観的に、具象的に描ききった」

写実が写実を超えて魅惑的だということを写真家だった私に磯江は教えてくれた。

寡作の作家であった。画業三十年およそ百点の作品を残して五十三歳の若さで逝去した。

磯江の死に先立つ一年前に戸嶋が亡くなり、戸嶋のデスマスクを描いた磯江が死に、島真一までもが磯江の死の翌々年に二人の友の後を追うように亡くなった。私はスペインを通じて知り合った画家三人を次々に失った。鴨居玲もまた三人に先だって一九八五年に亡くなっている。

二〇〇〇年九月、磯江毅は自ら車を運転して、敬愛するアントニオ・ロペスの生地トメリョソに友人の木下と旅をしている。その旅に留学中のわが娘も同行していたが、道中磯江が、

「この光だ、この色だ」

と木下に叫び続け、娘に、

「朝彩子、立ち枯れた向日葵畑を探せ、見落とすな」

と大声で命じたそうな。絵の素材探しに車の運転中も打ち込める磯江の思い出話を聞かされて、正直嫉妬した。いや、一度でいいから磯江と旅がしたかったと思った。それほどまでに絵の世界にのめりこめる磯江が羨ましかった。

磯江毅、グスタボ・イソエはもっと世に知られ、作品が認められてよい画家だ。彼の回顧展が二〇一一年七月十二日から十月二日まで練馬区立美術館で、十月二十二日から十二月十八日まで奈良県立美術館で催された。その結果、両美術館とも予想を大きく上回る入場者を数えたそうな。マドリード・リアリズムがどのように絵画スタイルであっ

たか、その中でグスタボ・イソエがどのような役割を果たしたか、お知りになりたい方は美術出版社発行の、『Gustavo ISOE's Works 1974-2007　磯江毅　写実考』の画集をご覧下さい。

二〇一〇年の十二月から断続的に清め洗いが始まった。軒下の板や柱の汚れを洗う作業だが、このような職人芸がこの世に存在するなど私は知らなかった。惜櫟荘の材木は岩波茂雄と吉田五十八が吟味した銘木で建築されていた。だが、七十年の潮風風雪にうたれて杢目さえ定かではないように傷み、汚れていた。その汚れをささら箒とか竹刷毛とか布切れといった道具を使い分け、何種類かの液体に浸けて拭っていく作業だが、どれだけ時代の汚れを落とし、古色を残すか親方が最初に実演してくれた。わずかの刷毛さばきでまるで板面の感じに違いが見られ、「これぞ職人芸」と感心した。バケツに入れられた数種類の液体に秘密があるようだが、「なんの溶剤か」と尋ねても、「水」としか答えが返ってこない。

まあ、この液体に職人固有の秘伝が隠されているのだろう。工場で大量生産される住宅ばやりの世の中、廃れゆく職人の技かもしれない。

今一つ、驚かされた技術がある。ペンキ職人の色合わせ技術だ。その親方の風貌は娘が、「まるでヴェラスケスの絵の世界に出てきそうな貌」と言うように、なかなか滋味のある雰囲気を醸していたが、この人の手にかかると、洋間の矢筈貼りチーク材の床が何日後にはなんとも艶やかな飴色に仕上がっていた。

修復作業である。ために材料は基本的に七十年前のものを使うことを原則としてきたが、どうしても傷んだ箇所、とり替えねばならない部材は生じる。また使われていた場所によって板目の汚れ方、柱の傷み方が異なってしまう。

その時代差と新旧の部材の違いを埋めるのが、色合わせの職人の芸だ。新旧の床板が同じ歳月を経たような古色に変わる作業は、魔法としか言いようがない。この技も一場の見物だった。

翌檜の門

大工の棟梁川本昭男が作業場で一本の柱を前に考え込んでいた。幹の径は二十数センチ、周囲は五十数センチほどか、また長さは六尺あるかなしか。再三再四、この稿に修復工事と記してきたので、すでに読者諸氏もこのことはご理解のことと思う。壁内部に隠れた柱は別にして、新しいものに変えたのは和室の外柱の北山杉だけだ。このような長さの柱の用途が私には思い浮かばなかった。

「これはどこに使う柱ですか」

「門柱です」

と答えて、また川本が思案に落ちた。

私が譲り受けた惜櫟荘の門は質素といえば質素、その上、板門はかなり傾いていた。崖側から岩が迫り、対照的に海側に一本の角柱が素っ気なく立っていて、それに寄りかかるように門の体裁をなんとか保っていた。

角柱には、ほとんど見えなくなった墨字で、

「岩波」

と書かれた木製の表札があった。

門は傷んでいるので全面的に新しくすると板垣から聞いていた。その門の柱だという。ごつごつとした感じは無数にある節によって醸し出され、その節の径は三センチから五センチほどの大きさで、表皮より一センチほども盛り上がって存在感がある。その数、十個もあった。

門柱を抱える著者

「いえね、板垣先生が古い写真を見ていて、表門の丸柱はどうも節の具合から翌檜《あすなろ》ではないかと推測なされましてね、銘木屋をあたらせて探した一本なんですよ」
翌檜の名は、この伊豆出身の文豪井上靖の『あすなろ物語』で承知していたが、実際にお目にかかったのは初めてだ。
「節が無数にありましょう。ところ

がこちら側には、ほれ、一つもございません」

と川本棟梁が節のある表面と節のない裏面を見せてくれた。

「能登産の翌檜でしてね、節のあるほうは南向きでしょうな。この節を景色にして表にするとなんとなく侘びが出ます。だから茶室の床柱や框に使われることがある」

「うちでも節のあるほうが表を向いてお客様を迎えるわけですか」

「そういうことです。昔の門柱はそのまま使われておりましたが、こんどは幹の真ん中に三寸ほどの径の孔を刳《く》り貫いて鉄柱を入れて強度を増します。翌檜自体も七分ほど縦割りしていったん外し、また嵌め込みます」

「またどうしてそんな面倒なことをするのです」

と問うた。

「木なりですと罅《ひび》割れが生じます。最初から割ってそれをまた楔のように埋め込むと罅割れが生じません」

ということだった。

翌檜についてインターネットで調べると、ヒノキ科の常緑高木で水湿に富み、肥沃な陰地を好むそうな。だから、南に向かって一方方向に枝を伸ばし、光を求める性質があるのか。生育は極めて遅いと知った。

とすると二十数センチの門柱も百年近い樹齢を重ねているのだろうか。

この翌檜は能登が南限だそうな。また木曽、能登、東北北部の翌檜は格別に有名で、建築材として土台、柱、桁、大引、母屋、棟木、造作材、板材としても使われるとか。能登の翌檜は、東北から江戸時代前期に五本移入されたものだそうで、木材業界では能登ヒバ、土地ではアテ(檔と書くこともある)と呼ばれてきた。

前述したように能登の翌檜は茶室などに珍重されるが、一般的にはこのアテの名で損をしているそうな。

この業界では昔から欠点のある木材をアテと呼び、大工さんや木材業者が使うのをためらうからだ。しかし、欠点のある木材と能登の翌檜のアテは全く別のものだ。あとで長老の高野栄造に聞くと、うちの門柱になるアテも銘木屋に十数年ほど売れずにあったとか。アテの名が災いしたか。そんな翌檜を高野は、

「長いこと銘木屋に埋もれていたんです。こんな翌檜はそんじょそこらに滅多にあるもんじゃない」

と褒めたんだか貶したんだか分からない返答をしたものだ。それより高野は、

「今の機械はすごいね、昔は丸太の中心に孔を開けるのは手彫でね、それだって二尺くらいしか彫れなかったものですよ。今は機械であっさりと六尺だろうが何間だろうが狂いなく彫っちまう」

と丸太に孔を開ける技術に感心した。

昭和十六年(一九四一)完成の惜櫟荘の門は、なんの変哲もない門扉だった。この門を潜ると細い石畳が林の中をうねうねと伸びて、惜櫟荘の玄関に至る。素朴な門は、吉田五十八の創作した光と影の物語の序なのだ。驚きを前に「凡なる門」を潜らせ、訪問者を構えさせない仕掛けなのだろう。着物の表より裏地に凝るという江戸っ子の吉田五十八の面目躍如、翌檜の門柱から漂ってくるようではないか。

私など翌檜の門柱と板壁をいきなり見せられたら、

「またなんという雑木と雑板を門に使ったものだ」

と思ったことだろう。事実、私たちが譲り受けた門扉(二代目か)は角柱に変えられていたが、質素な佇まいだとずっと感じていた。

ともあれ師匠吉田五十八が選んだ翌檜の門柱に戻した板垣元彬の想い入れが私は嬉しかった。

「すぐに門にとりかかりますか」

と川本棟梁に聞いたら、いやいや、と笑った。

川本が修復を担当した和室は、長さ二間幅半間の松材一枚板の床が元の場所に復し、床板も張られていたが、壁塗りが行われるので養生が施されて一旦隠されていた。ために川本は門柱の普請に取り掛かったのだろう。

ここで板垣の設計と川本の仕事の一つ、惜櫟荘の暖房について触れておこう。

本来の建物には、和室にも洋間にもトイレにも床近くに格子戸があって、その中に暖房用の秘密兵器が隠されていた。鉄製のらせん状の管の特注器具が横たわり、その管の中に伊豆山十二号泉の温泉を送り込んで部屋を暖めようという苦心のアイデアだった。

おそらく戦時中の物資不足、電力不足の中で考えだされたものだろう。だが、源泉では湯温六十七、八度でも崖に這う鉄管の中で押し上げられる途中で湯温も下がり、部屋全体を暖めることなど無理な話で、暖房具としては役に立たなかった。

そこで昭和四十六年の小規模改修の折、洋間の高床下の戸棚をつぶして空調設備を入れていた。おそらくこの別荘に缶詰めにされる文学者や学者からの要望があってのことだろう。

今回、空調設備をどうするかは修復の大きなテーマの一つで、和室、洋間ともに見た目を変えることなく最新の空調設備を入れることにした。

床下の空間と天井裏を最大限に活用し、ダクトは床下から和室と洋間廊下にある押入れと物入れの一部をつぶして通した。問題は温風冷風の吹出し口だが、洋間も和室も天井に細いスリットを設けて、そこから温風冷風を出して室温をコントロールすることにした。

見た目には修復前の和室、洋間と変わらない。だが、訪問者に分からないようなスリット孔は板垣のアイデアと川本らの苦心の作だ。

ある日、作業場をのぞくと川本が翌檜を作業台に乗せて鉋《かんな》をかけていた。どうやら門柱を立てる工夫がついたようだ。鉋で川本が削るたびに癖のある、なんとも不思議な匂いが辺りに漂った。

川本が削っているのは翌檜の丸柱の節がある表面と節のない裏面の境目で、そこに檜の扉がぴたりと収まるように鉋をかけていたのだ。

鉋の手を休めた川本が、

「翌檜はヒノキ科ですから本家の檜と似てますがな、ほれ、黄色を帯びた柾目は檜のそれとは違いましょう、渋みというか侘びがあって風情を感じます」

均等に削られた翌檜の鉋屑は、それだけで芸術作品のようで、私は何枚か手に忍ばせた。

川本は板戸を建具屋に頼んだほかはすべて自分でやる気のようで、翌檜を立てる石まで削って鉄柱を立てる穴を加工した。

門柱を立てる作業は四月に入って始まった。鉄柱に孔を開けた翌檜を嵌め込んで立て、鉄柱と翌檜を接着させるために水溶性の接着剤を上から流し込んだところ、意外な事態が起こった。

なんと十個余りの節から水溶性の接着剤が流れ出してきたのだ。

川本棟梁が栢沼正樹所長の手を借りて、節から流れ出した接着剤を拭きとる現場に、私は行き合わせた。それを見た川本は、計算外の出来事だったようで、

「こんなところ見られたくないな」

と真剣に困惑する顔が面白かった。この後もあれこれ試行錯誤して節から流れ出す接着剤を止めようとしたが止まらなかった。翌檜は輪島塗の木地にも使われるとか、一つ間違えれば扱いの難しい材木のようだ。結局、別の接着剤を鉄柱と翌檜の隙間に注入することで解決した。

表門が出来て、惜櫟荘の工事も佳境に入った。

工場に修理に出していた建具とともに建具職人が入り、現場で敷居やレールに合わせての調整が続けられた。やはり圧巻は一間幅の洋間の窓枠にガラスを嵌め込む作業で、戦前の手焼きの大ガラスは慎重の上にも慎重を期して戻された。

ガラス戸が三枚、十二単の溝に嵌め込まれると、庭と松と海の風景がきっちりとしまって見えた。しばらくぶりに吉田五十八の黄金比率が戻ってきて、洋間から見る景色が一段と冴えわたった。

古い部材を生かして建具を再生したので、現場の調整は時間を要した。

たとえば和室の板戸と襖のリバーシブルの建具は、襖部分を板戸に嵌め込んでみると反りが生じたようで、二枚の建具が擦れた。そこで職人たちは再び襖部分を板戸から外

して、弱温のアイロンを丁寧にかけて反りをとった。そんな細かい作業の繰り返しで時間を要するためになかなか作業は捗らなかった。

書の話

小林勇の『惜櫟荘主人——一つの岩波茂雄伝』のグラビアページに、洋間の高床に一幅の書が掛けられた写真がある。「烟蒼浪落々」の五文字の書でなかなか力強い。だが、譲り受けた惜櫟荘の備品にこの掛け軸はなかった。

洋間の高床の聚楽壁の下塗りが始まったとき、私はこの床に書が欲しいと思った。ただし掛け軸というスタイルが私は嫌いで、額装か、西洋画の額縁風に表装するか、そんなことを考えていた。なにしろ高床の幅は二百六十三センチ、奥行七十三センチ、高さ二百二十四センチと大きい。

聚楽壁は灰褐色の粘土質の土で塗られる壁の総称で、土物壁の上塗り材として適し、上品な仕上がりになるそうな。元来京の「聚楽第」付近から出た土が始まりとされるが、現在では、他の土地から採取した土と配合して使われる。

今回の惜櫟荘の聚楽壁は京の土を何種類か混ぜて上塗りされた。この聚楽壁に調和する書はそれなりに大きなものとなると思った。文字は頭の中にあった。

岩波茂雄は「白鶴高飛不逐群」の七文字が好きで、よく書いていたそうな。『惜櫟荘主人』の表紙にもこの七字がデザインされていた。

この七文字が岩波茂雄の創作か、原典があるのか、漢文の素養がない時代小説家には見当もつかなかった。そこで娘の講師仲間の前田伸人氏に尋ねてもらった。フンボルト研究の第一人者は、博覧強記古今東西の文芸に通暁した碩学、万巻の書物で某アパートの床が抜けたとか抜けそうだとか聞いた。

依頼を伝えると、しばらく時間をくれという返事であったが、さほど待つこともなく丁重な回答が寄せられた。それによると、この七文字は『全唐詩』や、『欽定全唐文』(清帝国・嘉慶帝)に掲載されている李群玉の七言絶句の一連であるそうな。

その全句はこうだ。

白鶴高飛不逐群　嵇康琴酒鮑昭文
此身未有棲歸處　天下人間一片雲

前田版の読み下しをそのまま借用すると、
「白鶴は高く飛ぶも群れを逐ず　嵇康《けいこう》は琴酒し、鮑昭《ほうしょう》は文をす
この身未だ棲むて帰する処をもたず　天下人間一片の雲」
となる。

嵆康とは「魏代に政治に背を向けて、老子や孔子を好み、清談に耽った竹林の七賢人の一人。琴の名人。晋王司馬昭に殺される」

鮑昭とは、「南北朝時代宋の詩人。荊州を治めた子頊《しぎょく》に仕えるも、子頊が敵に破れるとともに殺される」

と丁寧な解説まで加えられていて助かった。

そして、前田の解釈に共感した。曰く、

「岩波茂雄が好んだこの詩は、同郷の島崎藤村の「遊子悲しむ……」の詩に似ていますね。あるいは華厳の滝に身を投げた藤村操に範をとったのでしょうか」

岩波茂雄は徹頭徹尾信州人であった。

前田流の解釈がまたよい。併せて記しておく。

「一連　白鶴は高く飛ぶが、群れを追わず一羽で飛ぶ

二連　あの嵆康は琴を弾いて酒を嗜み、鮑昭は文を綴る

三連　我が身は安住すべき地を未だ持たない

四連　天の下にある人の住む社会にあっては、我は漂う一片の雲のようなものだ」

さらに注釈があって、「李自身は仕官の点では不遇でしたから、出世欲と隠遁欲との間で身を苛まれる気持ちを吐露したのでしょうが、岩波茂雄は後者の性格を強調し、独立独歩の詩に読み替えたかもしれませんね」

とあった。

この李群玉の一連が好きだった岩波茂雄に敬意を表して書にしたいと思った。とある編集者に相談すると「おまえが書け」という。だが、こちらは揮毫どころか万年筆、ボールペン、サインペン、どのような筆記具で書こうと、酷いかなくぎ流だ。下手な上にバランスが悪く、体調のすぐれない時は字に力がない。全く言魂など籠もりようもない字だ。

私はワープロがあってかろうじて小説家になった人間である。

そんな私にも書店さんや版元から色紙を頼まれることがある。字以上にこの色紙が大の苦手だ。私にはあの四角い色紙をどう使いこなすか、空間把握の才がまるでない。大小、下手の字が躍る様にあちらこちらにちらばって見るに堪えない。どうしても義理のある筋からの頼みで書店さんに書いたこともある。あとで写真で見せられた色紙の無様さに冷汗三斗、穴があったら入りたいどころか死にたい気持ちになる。

そんなわけで、さて、だれに頼もうかと迷った。

もちろん付き合いのある出版社に願えば、高名な書家に口を利いてもらえるかもしれない。だが、偶然に惜櫟荘番人に就いた私とは見ず知らずの書家が惜櫟荘を知らずして書く七文字より、私に関わりがあった人に願うのがよいように思えた。

そこで上棟式の折に手拭いのデザインと題字を願った、元平凡社編集者の木幡朋介に頼もうと勝手に決めた。

木幡は私の最初の編集者だ。

スペイン滞在を終えて、闘牛を撮影したネガフィルムを持って帰国する私に永川玲二が、「おまえさん、出版社に知り合いがあるのか」と尋ねたものだ。顔を横に振る私に、「それも考えずに何年も闘牛の取材を続けてきたのか」と呆れ顔で、友人にして詩人の安東次男に紹介状を書いてくれた。

私はその紹介状を持って桜新町の安東家を訪ねた。旧友の手紙を読み、話を聞いた安東は平凡社と集英社の編集者に話を通してくれた。

平凡社を訪ね、木幡に会った。一九七五年の春のことだ。ともあれ紆余曲折はあったにせよ、白黒フィルムは、作家小川国夫との合作の写真文集『角よ故国へ沈め』となり、カラーのほうは、カラー新書『闘牛』として結実した。

以来、木幡とは三十数年に及ぶ交際となった。

木幡は惜櫟荘を訪ねてくれていたし、「白鶴高飛不逐群」の絶句を岩波茂雄が好きだったことも説明した上で、余計な注文をつけた。

「高床は間口も高さも十分あるので、畳一枚くらいの紙に豪快な文字を書いてくれないか」

と願ったのだ。

「えっ、豪快な文字、おれに書けるかね」

と渋る木幡を説得して、願いを聞き入れてもらった。書がなんたるかを知らない人間の強引さと無知に呆れた木幡がしぶしぶ受け入れてくれたというのが実態だった。

だが、私には成算があった。

木幡は全盛期の『太陽』の編集長を務めた。デザイン出身の初めての編集長であったとか。空間を上手に把握する術は長けたものだし、デザインはお手のものだ。それに松江の旧家はカメラ雑誌に紹介されるほど地方の名家だった。そんな環境で育った人間は、奥深い遊び心が潜んでいるものだ(と勝手に思った)。

紙の榛原に売られている手漉きの紙では、いちばん大きなものが左右百四十五センチ、上下七十四センチだそうな。それに書かれた書が送られてきた。三枚ともになかなか豪快な書風だった。続いてさらに三枚の作品が送られてきた。

六枚ともに七文字は飛の字を中心に据えて躍るように配置されていた。

しばらく手元において眺めたのち、試しに額装をしてもらうことにした。まず紙の周囲に余白を十センチほどとってもらい、イタリア製の額装にしてもらった。私の考えではシンプルなものになる筈だった。

ところが二十日後に熱海に送られてきたものを見て驚いた。額は畳一枚をわずかに小さくしたサイズで、頭で考えた以上に存在感があった。果たしてあの高床に合うのかどうか、中塗りが乾いたところで栢沼所長らの手を借りて、額装なった李群玉の一連七文字をかけてみた。

高床の大きさと額とが四つに組んでの大勝負をしているようで迫力満点であった。有り過ぎた。

(喧嘩しているようだ)

と思った。これは書がなんたるか分からないままに注文した私の責任だ。また額装を大きく額縁屋に頼んだミスだ。

吉田五十八のデザインの建築空間に合う書とはどのようなものか、考えさせられた。ともかく聚楽壁が完全に完成して、乾いてから額を今一度かけて判断しようと考え、いったん外した。

灰褐色の聚楽土が乾いたとき、いくぶん黄みを帯びる。この壁に映えるかどうか、上塗りが乾いたのを待って、再び額をかけた。私はなんとなくいいような気がした。それにしても額装がご大層過ぎた、余白分、余計だったなとも思った。そこで書が居間の床にかかったところを写真に撮し、木幡に送った。するとすぐに電話があって、木幡が、

「ありゃ、だめだ。書に我欲が有り過ぎる、破いてほしい」

と言ってきた。前述したように豪快な書を注文し、大きな額装にしたのは私の責任だ。

「木幡さん、和風の表装で余白なしにもう一度造らせてくれないか」

「いや、だめだ」

と木幡は頑なに言い、破棄することを願った。

吉田五十八の空間にどのような書がマッチするのか、これが問われていた。

押し問答の末に木幡は、

「おれ流にもう一度挑戦させてくれないか」

と翻意してくれて私はほっとした。

だが、まだその書は完成してない。

自ら筆をとったわけでもないのに、書の難しさ、奥深さをこんどの一件は私に教えてくれた。漢文の読解力もなく、字すら満足に書けない小説家がこの世に存在するのは、ワープロ時代だからだろう。私はつくづく惜櫟荘の主人にはなれないと思う。自認しているように番人がお似合いだと悟った騒ぎだった。

木幡さん、書を待っています。

児玉清さんと惜櫟荘

二〇一一年五月十六日、児玉清さんが亡くなったとの知らせに、深い虚脱感と喪失感に見舞われた。

最後にお目にかかったのは二〇一〇年末のことだった。新潮社の新シリーズ「新・古着屋総兵衛」の立ち上げ企画の対談の相手を務めていただいた。雑談の折、思わず「師走十七日まで乗り切れば楽になりますから」と祈るように呟かれた言葉が心に残っていた。二〇一一年の三月、「児玉清が肝機能障害でテレビの仕事を降板する」という新聞記事を見て、危惧していた矢先、五月二日付の葉書が届いた。その中に聖路加病院に移って落ち着いたことが記され、ペンを握る力が湧いてきたとあったので、ほっと安堵した。ところがその葉書とほぼ同時に児玉の事務所から書状が届き、「児玉が切手を貼り忘れて投函したようで」という丁重な詫び状に、なぜか五十円切手が二枚同封してあった。

訃報が届いたのはそれから間もなくのことだ。すでに医者から余命を宣告され、死を覚悟した児玉清が切手を貼り忘れたことを気にかけ、事務所に指示したのだろう。最後の最後まで気遣いの人だった。

児玉当人は不器用な役者であると公言していた。だが、その晩年(まさかこのような言葉を使おうとは考えもしなかった)の活躍は多彩だった。本来の俳優業の他に司会、朗読、講演、切絵創作と広く活躍し、真摯な語り口調と年齢を経るごとに増す重厚感、ダンディズム、渋さは芸能界にあっても際立っていた。そんな児玉清にもう一つの顔があったのを、世間はもはや周知のことだろう。

古今東西の書物を読破し続ける愛書家の片鱗は『寝ても覚めても本の虫』(新潮文庫)を読むと理解がつく。読書の達人ではあったが文芸評論家の看板を掲げようとはしなかった。それはだれよりも本をこよなく愛していたことと無縁ではなかろう。文芸評論の看板を掲げれば作品批評もせねばならない、そういうことを考えられてのことかと私は勝手に考えてきた。ともあれ児玉清は活字離れに苦しむ出版界にとって救世主であり、面白い本への水先案内人であった。

私が時代小説に転向して初めて児玉清に対面したのは二〇〇六年三月、朝日新聞の全面広告の対談だった。「居眠り磐音　江戸双紙」が十五巻に達して、累計部数が二百万部に達した折のことだった。児玉が時代小説の分野にまで興味を抱いているとは考えもしなかった。仕事の一環として引き受けた対談と正直思っていた。ところが児玉はちゃんとシリーズ全巻を読んでいて、話下手の私を巧みにリードしてくれた。その後、児玉が幼い頃、講談本を愛読していて時代小説に親近感を持っていたことを、またいつの日か時代小説を書こうと考えていたことを知ることになる。

この折の対談で今も心に残る言葉がある。どこか文庫書下ろし時代小説という形態に引け目を感じていた私の胸中を見抜いていたのだろう、

「日本では読み物小説というだけで低く見られます。また面白いというだけで正当な評論の対象にはならず、不当な扱いを受けます。だけど、面白いからこそ読者の支持を受け、売れるんです。悔しかったらキャッシャーのベルを鳴らす作家になれということですよ。佐伯さん、作家は読者に支持されてなんぼの存在です」

と忠言された。以来、児玉は会うたびに同じ言葉を吐いて、私を鼓舞してくれた。

児玉清が「居眠り磐音……」は面白いよといろいろなところで宣伝これ努めてくれたお蔭で、二百万部だったシリーズ累計が五百万部を超え、一千万部に化けた。現在では千三百万部を突破した。私にとって予想もしない展開だった。

私の時代小説は、児玉清なくしてはかようにも読者の支持を得られなかった。いや、児玉清によって勇気づけられ、世に出た作家は私ばかりではないはずだ。

昭和四十一年(一九六六)、大学を出たものの映画産業もすでに不況の波に見舞われて仕事がない。そんなとき、だれの紹介だったか東宝系テレビドラマの撮影助手の臨時雇いの職を得た。予算が低額なためにほとんどロケ、16ミリフィルムで撮影され、同時録音だった。サードと呼ばれる撮影助手の任務は、カメラのモーター音を消すために、くそ重い刺子カバーや毛布を何枚もカメラと三脚全体に巻き付けたり、フィルム、バッテリーの交換とか雑用が主だった。最初にレギュラーの仕事を貰ったのは『新婚さん』というタイトルの三十分番組だった。週替わりで主役が変わり、いろいろな新婚模様を描こうという趣向で、古今亭志ん朝が古いベンツで撮影現場に乗りつけたり、まだ十代だった前田美波里が出演の週もあった。

ホテルとのタイアップは予算が切りつめられるというので、しばしば観光地でロケをした。志摩ロケに出た折のことだ。仕事が終わって私がバッテリーの充電をしていると、若き日の児玉清(主役ではなかったと思う)が撮影スタッフの部屋にふらりと顔を覗かせ、酒を呑んで談笑していった。東宝十三期のニューフェイスの児玉清は六九年まで東宝と契約していた。だからそんな出会いがあっても不思議ではない。

後年この話を児玉に確かめたところ、「そんなこともありましたかね」と曖昧な様子だった。だが、スタッフまでに気遣いする、気さくで座談の名手の若い俳優が児玉清であったことに間違いない、と勝手に私は思っている。

五月二十日、護国寺で営まれた北川清さん(本名)の通夜に娘と一緒に行った。すると児玉のマネージャーの佐藤浩史氏が飛んできて、

「聖路加に移ってね、児玉の加減が少し回復したとき、本屋にいって新刊を買ってきてと命じられたんですよ。その中に佐伯さんの「居眠り磐音 江戸双紙」も入っていましてね、読んだあと、「磐音とおこんに子供が生まれたんだよ、空也というんだよ」と私に何度もいうんです」

と死の直前の児玉のエピソードを教えてくれた。その言葉を聞いて、児玉清の時間をさくに値するほどの作家であったろうかと自問し、涙がこぼれそうになった。小説の主人公に子供が生まれたと語ったという児玉の話は死後、いろんな人々から聞かされた。

ともあれ時代小説からS・ツヴァイクまで、好きだと思った本には徹底的に感情移入して読み込んできたからこそ、児玉清の推薦本を多くの人々が待ち望んでいたのだろう。

最近の五年、一年に一、二度のペースで児玉清に会っていた。対談、テレビのゲストなどすべて仕事がらみだ。個人的なお付き合いは一度としてない。いや、一度だけ仕事がらみではあったが、わが熱海の惜櫟荘を児玉が訪ねてくれたことがあった。

NHK総合で放送されたドキュメンタリー『〝職人〟小説家「陽炎の辻」・佐伯泰英』

の対談相手を児玉清が務めてくれたのだ。この番組は二〇一〇年元日に放送された。

二〇〇六年の再会から四年が過ぎて、時代小説家として安定した時期に差し掛かっていた。その折の対談で児玉からジェフリー・ディーヴァーという作家を教えられ、「月刊佐伯」と揶揄されつつ年間十五、六冊のペースで書いてきて、海外ミステリーを読む機会を失していた私に、読書の楽しみを再び取り戻すきっかけを作ってくれた。

この対談は惜櫟荘の洋間で行われたが、七十年を経た建物の修復をするという話になったとき、

「佐伯さん、これはやりがいのあるプロジェクトです」

と私の決断を認めてくれた。

取材が終り、母屋の地下に移ってワインを飲みながら、私や取材スタッフは、素顔の児玉清とあれこれと雑談に興じた。児玉もまた佐藤マネージャーに何度か辞去をうながされながら、時を過ごした。なんとも楽しい、私にとって至福の記憶、児玉清の思い出となった。

その日の別れ際に、惜櫟荘が修復なったら、相模灘に上がる名月を見ながら一杯やりましょうという約束がなった。だけど一人で泊まるのは嫌だなという児玉に、新潮社の編集者寺島哲也と木村達哉を誘いませんかと私が提案した。二人が児玉清を文筆の世界に誘い、『寝ても覚めても本の虫』の本が編まれたことを知っていた私は、お泊り観月

の宴には、児玉黄門のお供の助さん格さん役を寺島と木村に務めてもらうことを思い付いたのだ。私自身、寺島とも木村とも、友人として編集者として付き合いがあった。

このＮＨＫ総合の番組収録を終えて、惜櫟荘は解体工事に入った。

話は冒頭の対談に戻る。

新潮社で新シリーズの「新・古着屋総兵衛」が始まり、旧作「古着屋総兵衛影始末」十一巻を全面改訂することになった。文庫書下ろしというかたちで時代小説を百五十冊ほど上梓していた私にとって、旧作シリーズに手を入れるのは初めてのことだ。その新旧「古着屋総兵衛」の開始を前に、児玉清がこのシリーズの紹介者を務めてくれることになったのだ。この折、児玉が、

「このシリーズは伝奇時代小説でもあり、剣豪小説でもあり、経済小説でもあり、諜報謀略小説の側面を持っていて、重層的な構成は今でも通じるよ」

と旧作十一巻の手直しをやる意味を認めた上で、

「佐伯さん、時代小説の魅力は江戸の市井の慎ましやかな暮らしぶりの描写にあると思うんです。古着屋総兵衛シリーズが武と商に生きる二つの貌を持つ設定はわかるが、江戸の鎖国体制という触れを勝手に超えて、異国に活躍の場を派手に広げる海洋冒険小説に展開させるのはどうかと思うんだ。時代小説がそれに頼るとなんでもありになるか

らね」

と珍しく苦言を呈してくれた。

その半年後に児玉清が逝こうとはだれが想像したろうか。惜櫟荘に児玉清を招いての中秋の名月観月の会の集りをやることは叶わなくなった。いつの日か、児玉清とゆかりのあった出版界の編集者を招いて、惜櫟荘で「児玉清を偲ぶ会」を催そうかと勝手に考えている。

それにしても児玉清は徹頭徹尾気遣いの人だった、愛書家だった、なにより紳士だった。

呼鈴と家具

建築家吉田五十八が設計した惜櫟荘を惜櫟荘たらしめているのは、建築当時の建物の原形をほぼ留めていることであろう。それに加えて五十八デザインの家具が残されていたことだろう。

このことに言及する前に呼鈴に触れる。私自身を惜櫟荘玄関に立った訪問者と仮定してみよう。

訪いを告げるためにどうするか。腰高障子の桟をこつこつと叩くか、他にはどうみても手がないように思う。

だが、注意力、観察力旺盛のあなたならば、大壁右手にぽつんと一つある突起物を発見できるだろう。さりながらその突起物を発見したとしても、それが呼鈴と気付く現代人はあまりいまい。なぜならばわれら現代人は、訪問先の玄関に立った時から無粋にもカメラ付きのインターフォンに顔を映され、訪問者がだれか、屋内から識別されることに慣らされているからだ。無礼極まる電子機器に見張られ、他家を訪問する時代なのだ。ジョージ・オーウェルの『一九八四』の世界なんてかわいい小説世界だった。

惜櫟荘の呼鈴は赤ちゃんの乳首のように愛らしい。

この呼鈴を押してお女中が姿を見せるのは、惜櫟荘主人の岩波茂雄の代までだろう。当代の番人は、用もないのに自分で押して、自分で、はーいと返事する程度の使い方しかしていない。ともかく大壁に埋もれた呼鈴を訪問者が押してくれないか、番人は待ち望んでいる。

さてこの呼鈴、和室の壁の下、畳と接する畳寄せ二カ所にも埋め込まれていた。南側と東側の畳のへりで、これもまたよほど注意しないと見つけられないだろう。さらに洋間の大壁にも四つ目があった。

改修前、四つともに機能していなかった。そこで水澤工務店の電気設計の担当者が、外した部材を会社に持ち帰り、修理してくれた。

和室の南側だけは回復できなかったが、三カ所は見事に機能を復帰し、呼ぶと女中部屋でぶうっと密やかに鳴るようになった。壁や梁の一部に密やかに組み込まれた呼鈴、これも東京人吉田五十八の遊び心だろう。

さて、惜櫟荘の家具へと話を移す。

玄関から見ていくと、竹製傘立て、靴を履いたり脱いだりするときに使用するとみられる竹製の腰掛があった。腰掛は瓦を敷いた廊下の床面が低いための配慮だろう。

風呂場、乱れ箱が三つ。

トイレは昭和四十年代の改修に手直しされて、原形がどうだったか想像もできないので言及しない。

大壁右手の呼鈴．直径７ミリほど

和室に移り、最初に目に止まったのは一枚板の文机だ。

安倍能成の『岩波茂雄伝』(岩波書店刊)には、こんな表現が記された個所がある。

「洋室にある低い置棚と和室にある一枚松板の小机とは、建具と共に名人南斎の作だと聞くが、殊に机は簡素で立派である」

さてこの小机だが、松材だとすれば、桑樹匠南斎の手になるものとは別ものということになるのか。私は小机の素材を水澤工務店の栢沼正樹所長に問い合わせながら、この稿を書き継いできた。

ここでいったん和室の文机をおいて、名人南斎に触れる。

「名人南斎」と書かれた指物師は、前田南斎と思える。この人物、いかにも名人で「桑の南斎」と称された職人だ。

明治十三年(一八八〇)に伊豆稲取に生まれた(〜一九五八)。二十一歳で桑樹匠として東京宝町に工房を構えたそうな。二十一歳にして匠デビューとはよほどの天才であったのだろう。桑の南斎と称されたくらいだから、大事な指物は御蔵島産の桑に拘った。だからといって指物師が他の材を使わないわけではあるまい。

今回、高島屋に修理に出した家具の中にもう一つ小机がある。

それは女中部屋にあったものだ。三畳に一尺の板敷を持った小部屋だが、私が譲り受けたとき、水屋や道具類でごちゃごちゃとして物置と化していた。ここにあったものは改築の折、一つを残して処分された。私も家族も立ち会わなかったので、なにが残されたか知らなかった。

松材の一枚板の小机で、幅百十四・五センチ、奥行五十四センチ、高さ三十九センチ。修理が出来てみたら、これまたいい。実にすっきりとした小机で、明らかに吉田五十八の香りがする。

この小机が安倍能成のいう「一枚松板の小机」か。

この板材の出処を、栢沼は和室の平床の松材の残りではないかと言い出した。平床は惜櫟荘の中でいちばんの部材と大工の棟梁川本昭男が認めたように、長さ二間の脂松《やにまつ》板だ。今もやにが染み出てくるが、これを丹念に磨くと床に艶が出てくる。八畳に入った山側では奥行九十センチだが、海に向かって本床二百三十四センチのところから奥行きが四十四センチに減じている。

二間幅奥行三尺の長方形の平床ではアクセントがつかない。そこで五十八は海側の奥行きを狭めて平床に変化をつけたと思われる。同時に削られた床部分は、洋室の東側の雨戸など十二枚が収納される戸袋空間として使われている。つまり栢沼は戸袋のために切り落とした幅百二十六センチ、奥行五十五センチの松材を小机に加工したのではないかと推理した。たしかに捨てるには勿体ない松材だ。そして、小机より一回り大きな切落としだ。

その折、伊豆の稲取の出の名人前田南斎に、吉田五十八か、あるいは他の普請関係者が思い出し、願ったのであろうか。

私も栢沼の考えの床材小机転用説には与するが、はて南斎がどう関わってくるのか確かめようがない。とそんなところに栢沼から電話があった。

和室の文机の材についての返答だった。棟梁の川本、家具を修理した高島屋に問い合わせたところ、

「脂松《やにまつ》板」

と思える、という答えが戻ってきたという。

となると、安倍能成が『岩波茂雄伝』で書いた松材一枚板の小机こそ和室の文机であり、南斎が手掛けた作か。

実にシンプルで美しい。

天板が流れるように左右側面に落ちて、板がそのまま脚に変じていた。また畳に接地する脚板が外へと微妙に丸みを帯びて官能的ですらある。この天板と脚板の継ぎ目が緩んで修理が必要だった。そこで今度の大改修を機会に、惜櫟荘の家具、調度品ほぼすべてを高島屋の家具修理部に出して手入れをした。そのお蔭で文机は昔より一段と魅力的になって戻ってきた。

小林勇の随筆『続・冬青庵楽事』を読んで不思議に思ったことがあった。この随筆によれば、小林勇は銀行家曾志崎誠二翁に誘われて前田南斎の工房を訪ねている。同行は他に安倍能成と小宮豊隆、いずれも夏目漱石門下の二人だった。

訪ねた時期は「露伴先生の三十三回忌」から溯ること「二十年近く前」というから一九五七年ころのことで、南斎の亡くなる一年前のことだった。

四人は御蔵島の生き永らえた桑の巨木で造られた文机を見せられ、勇は思わず譲ってほしいと願い、南斎も勇の眼をじっと見たあと、

「あなたにゆずりましょう」

と応じたエピソードが描かれてあった。その帰路、安倍が勇に、

「僕もほしかったが、言い出し兼ねているうちに君にやられてしまった」

と恨み言を言ったとも書かれていた。

この挿話から小林勇も安倍能成も、前田南斎の指物に強い関心を抱いていたことが窺える。

安倍が『岩波茂雄伝』を出版したのが一九五七年、小林が『惜櫟荘主人』を上梓したのは一九六三年だ。二人して南斎の工房を訪問した年、あるいは数年後に岩波茂雄の伝記を出したのだ。

なぜ安倍は惜櫟荘の文机について南斎に問い合わせなかったか。また安倍能成を出し抜いて手に入れたほどの南斎好きの小林勇も、惜櫟荘の和室の文机に触れなかったのはなぜか。

だれかこの経緯をご承知ならば教えてほしい。

脇息三つ。だれが使ったのだろうか。『惜櫟荘主人』に小林勇がこう描写する箇所がある。

岩波茂雄が惜櫟荘で倒れ、和室に半年ほど滞在していた尾崎行雄(咢堂)が慌てて惜櫟荘を立ち去り、逗子に帰るという朝の風景だ。

「尾崎は洋服に着かえ脇息に腰をかけて飯を食っていた」

脇息に腰かけて飯を食う尾崎咢堂の姿が慌ただしくも切迫感を見せている。その脇息か。

籐製の座椅子。これはなんとなく五十八デザインとは違うように思える。

一間の押し入れに桐の箪笥。これも五十八デザインとは異なり、岩波書店が作家や学者を缶詰めにして原稿を強いた時代に必要に迫られ、買ったものだろう。

他の家具同様に手入れに出したが、箪笥の修理屋から「あまりいいものではないが修理しますか」との連絡をもらった。処分せずに生き残った家具だ。必要最小限度に修理をお願いして、また惜櫟荘に戻ってきた。が、今度は置き場所が和室の押し入れから坪庭に面した廊下の押し入れへと変わった。

漬物石ほどの貴石四つ。その石を載せる小さな畳台、縁もちゃんとついていた。

書斎を張り出した広間。

応接のテーブルは幅百八十一・五センチ、奥行九十センチ、高さ五十五センチと大きなものだ。天板は明らかに違う材木二種類が貼り合わされている。和材と洋材の木目の違いを意識してわざと組み合わせたとしか思えない。現場で板垣らと

「なぜ吉田先生がこのような異種の材を組み合わせたか」

と何度か議論になったが、答えは見つけられなかった。もしかしたら手入れのなったテーブルの木肌の美しさがその答えかもしれない。

この大きな天板を円周五十三センチの円柱四本が支え、さらに円柱の下に幅百十五センチ、奥行七十三センチの床材が支えになって、テーブルを安定させている。がっちりと造られた分、実に重い。

革張りのソファは長さ二百四十センチもある。

岩波茂雄が二度目の脳溢血で倒れたとき、寝かせられていたのはこのソファだろう。主治医の武見太郎は、広間の床に泊まり込んで治療を続けたそうな。

木製両袖付の革張椅子二脚、デザインの異なる総革椅子二脚、総革背もたれなし補助椅子四脚(一つだけ小サイズ)、茶道具を置く三段の置棚(安倍のいう南斎作のものか)、円形と長四角のティーテーブル各一つ、竹製スタンド一つ。

書斎コーナーに移り、岩波茂雄の書き物机、幅百六十四センチ、奥行九十二センチ、高さ七十三センチ。机用の革椅子も特注とみえて、木製の回転式である。

最初にこの書き物机と椅子に感じた印象は、「かなり草臥れているな、廃棄するしかないか」というものだった。椅子には湿気った座布団が置かれ、書き物机に厚さ一センチものガラスが載せられて、見映えが実に悪かった。

惜櫟荘で仕事をするならば、机と椅子は新調するしかないかと私は考えていた。そんな風にこの二つを捨てるつもりだったが、水澤工務店は手入れのリストに加えていた。

今回の家具修理を請け負った高島屋のスペースクリエイツの手入れで一番蘇った家具

は、この書き物机と椅子だった。

修繕なって納入された書き物机を見て、仰天した。これほど美しい机だったか、天板の飴色が艶やかで見事の一語だった。

伝言では「もはや日本では手に入らないミャンマー産の天然チーク材」とか。ただただ己の無知を恥じるばかりだ。

この書き物机、四つの部分から成り立っていた。天板、両袖引き出し、そして足載せ部分の四つのパーツがぴたりと現場で嵌め込まれたときの感動はたとえようもなかった。消費社会に慣らされてきたせいか、古いものは破棄するという考えに私は毒されていたのか。また椅子の座り心地がなんともよく、おそらく岩波茂雄は何度も机の高さや椅子の座り心地を試した上に注文したのではなかろうか。

広間に関して、一人用の総革製椅子二脚は、惜櫟荘に客が多くなったので、後に注文されたものだと思う。

残念だったのは、書き物机の照明スタンドが見当たらなかったことだ。それと新築当初に広間には籐製の安楽椅子があったと、古い写真は伝えているが、それもなかった。そこで書き物用の照明スタンドは、建築家の板垣元彬が写真からデザインと部材を推量して試作品を造った、このことは前述した。この試作品を参考に吉田五十八モデル、板垣復元スタンドがもうすぐ完成するはずだ。

私は手持ちのスタンドを持ち込んでみたが、どのスタンドも浮いてしっくりこなかった。やはりこの惜櫟荘は、建物はむろんのこと、建具から照明具、家具まで一貫した岩波茂雄の感性と吉田五十八の眼が行き届いた建築物だということが分かる。

籐製の椅子は、写真を参考にいつの日か復元してみたいと考えている。

自然の庭

惜櫟荘の庭を一言で表すならば自然のままの空間ということになろうか。海岸線の崖地を利用して岩波別荘の敷地が考えられたことや、石畳の門から崖下の細道伝いに九十度回り込んで玄関に向うエントランスのことを再三書いてきた。

大半が実生から育った自然木で、造り込んだ庭ではない。ただ相模灘に向っての前庭の崖に生えた小松は、空と海の線に変化を持たせるために植えこまれたようだ。この小松と、もはや熱海には数少なくなった、大人の両腕で二抱えもありそうな大松が、惜櫟荘の植生の王様ということは間違いない。

これまで敷地の中に何本松があるのか数えたことがなかった。竣工図の造園ページに敷地に生えている全樹木のリストが掲載されていた。それによれば、旧岩波別荘と佐伯敷地を合わせて樹木数二百八十七本、その中で松(クロマツ)は九十本、松がほぼ三割を占めて、この土地の樹木の主役ということが分る。二位は椿の四十一本、三位は山桃の十三本。海風に強い自生の樹木ばかりで、惜櫟荘はほぼ自然が生かされた庭ということになる。

惜櫟荘のいちばんのご馳走、建物の開口部を額縁に見立てた前庭と後景たる相模灘、そして空の広がりを調整しているのは松の枝ぶりだ。もし惜櫟荘に松がなかったら、その魅力は半減しよう。

アンジェイ・ワイダが描いた雨の惜櫟荘でも描きこまれたように、前庭の端(この庭の下には石畳の市道と敷地内の狭い石畳がほぼ垂直に七、八メートル下に見える。庭の縁にはなんの柵も垣根もない)の崖に植えこまれた小松の、つんつんと尖った松葉、それに左端に群生する大松の幹と頭上から差しかける大枝が相模灘を引き締めている。

大松の頭上を大きく鳶が舞い、夕風が海から吹き上げるときが、惜櫟荘の至福の刻限だ。

地山《じやま》(切土《きりど》、自然の地形)を証明するために建築の時から残されていた櫟は、小林勇の『惜櫟荘主人』によれば、すでに建築の時から、年古りた櫟であったそうな。もう少し表現を借りると、

「背は低いが幹は太くその幹には穴があって、そこに萩が生えていた」

という。

洋間から見るとこの櫟は右手に見え、その左に二代目が寄り添うようにある。すでに

書いたが、岩波雄二郎は初代が枯死することを恐れて、わざわざ小田原の植木屋に見にいって選んだ櫟だそうな。この話は岩波別荘と一緒に受け継いだ土地の植木屋の親方が話してくれた逸話だ。

私は今回の修復が完成したら、しばらく二代目を余所に移植して初代だけにして元に戻そうかと修復に携わった造園業者の「岩城」に相談してみた。すると初代と二代目の二つの根っこが絡んでいて、二代目を移植した変化で初代櫟に悪い影響が出るかもしれないという答えだった。ともかく根っこの状態を調べることになり、穴を掘ってみたが二本の櫟の根は絡み合ってはいなかった。ただ、移植するには季節が悪いので、夏が過ぎた晩秋から初冬に作業をしましょうということに話が決まった。

その後、私は完成した惜櫟荘の洋間から朝な夕な二本の櫟を見るとはなしに見てきたが、

「二代目をこの庭から移すことを止めよう」

と変心した。すでに初代と二代の櫟は、縁あって十数年も隣り合わせに過ごしてきたのだ。二本で、

「惜櫟荘の櫟」

と変じていた。ならば私が強引に二代目を移すこともないと思ったのだ。

初代の櫟は幹が細まり、途中から九十度に曲って枝を伸ばし、その分痩せて大きくな

完成なった惜櫟荘の庭

った穴にはもはや萩が生える養分もなく、ぽかりと開いたうろの向こうに空を見せている。

今回の修復の中で、庭を何箇所かいじった。

まず惜櫟荘の玄関前、この佇まいは古い写真を元に惜櫟荘が完成した初期に戻した。飛び石、何種類かの笹を新たに植え、玄関前の模様替えをした。この玄関前にも一本の櫟がある。雄二郎が二代目の櫟を植えたと同じ時期に玄関前に移植した櫟だ。

この玄関前に立ってみると、不思議な感じに打たれた。現代の植木職人の手になる庭だが、なんとなくクラシカルな趣きがして面白かった。

石段を上がってきて玄関前に立つと、リシン掻落し壁に幅半間の戸口が見える。この戸を開けると、修復前は「女中小部屋」と称した小さな家があり、その屋根には葡萄棚が朽ちかけてかかっていた。老いた葡萄の木は秋になると実をつけていた。ために狸か猿か、小動物が食べにきた形跡があった。

この女中小部屋があるために、惜櫟荘広間北側の坪庭の風通しが悪く、じめじめとしていた。また雨樋のない惜櫟荘の雨は集中的に坪庭から台所の外、狭い空間に落ちて、女中小部屋の存在と相まって、いよいよ陰鬱にしていたからだ。そこで今回の修復では、女中小部屋を取り壊して風通しをよくすることにした。また坪庭を囲むリシン壁の二カ所に格子窓を切り込んで、中坪に竹を植えてもらった。

この区画に葡萄棚だけを再現したので広がりのある庭が出来た。

その葡萄棚は石垣を背にしていたが、広間前庭につながる東北側に新たな庭を作ってもらった。

惜櫟荘を修復するとき、大きな改造は加えぬことを基本方針に考えてきた。だが、石畳から石垣伝いにガス管、水道管、温泉管などをすべて集めて配管したために、葡萄棚の左側に配管が通ることになった。洋間書斎から見る景色としてはあまりよいものではない。そこで石垣に沿って竹垣を植えてもらい配管類を隠すと同時に竹垣前に新たな庭を造ってもらったのだ。

するとこれまでただ生えていた夏ミカン、山桃などの既存の樹木が別の風情を見せてくれた。さらに建物の軒下の雨落ちと庭の間に近江舞子産の錆砂利を敷いてもらった。なかなかの景色にはなったが、ちょっと造り込み過ぎたかな、という想いもある。さらに和室と湯殿の角地を整理して、笹を植えた。

岩波茂雄が湯殿から小便をしたという熊笹は私が譲渡を受けたとき、なかった。そこでこの角地も熊笹を植えて昔に戻し、崖地の植栽を新たに植えたり、移動させたりした。

惜櫟荘が完成した戦前は湯殿から真鶴半島が眺められたというが、その後、マンションが建ったために、植栽をいじり、どちらからも見えないようにしてもらった。ために海は樹幹ごしにちらちらとしか見えなくなった。そこで湯殿から見て右手、大松が何本か群生する辺りの木の枝を払ってもらい、海が望めるようにしたが、数カ月もすると葉が茂って海を再び隠した。

「どこからでも海が見える設計」を強く望んだ岩波茂雄だったが、海岸線東側にマンションが建築されることまでは考えなかったようだ。

だが、岩波茂雄や雄二郎ら岩波家の人びとの海へのこだわりを強く感じる方角がある。惜櫟荘の和室と洋間から見える東南の海の景色を確保するために、岩波家では崖地下、海側の土地五百余坪を買い増しして、その土地の東側に保養所と称する家を建築した。

保養所は、惜櫟荘に文人学者が缶詰めになったとき、担当編集者が待機する家として使われたようだ。一階が管理人の住いで、二階部分が編集者の待機場所だった。

この海っぺりの土地の大半にはなんの建物も建てられることなく、惜櫟荘からの眺望を確保するための捨て地(?)として使われてきたのだ。建築当初惜櫟荘の敷地は三百坪弱だったが、私が譲り受けたときは九百坪弱になっていた。

惜櫟荘の東と南側の眺望はそのように守られてきた。ために湯殿から東側の真鶴の海は見えなくなったが、南側の海は昔ながらに望むことができる。

惜櫟荘の建築当時と地形が大きく変化したのは、海岸線に熱海ビーチラインが開通したことだろう。車社会の到来に合わせての計画だろうが、今になってみれば海岸線保護のために何か他の計画はなかったものかと残念に思う。たとえば海岸線に沿って伊豆半島一周の遊歩道とサイクリングロードが造られれば伊豆の魅力に新たな付加価値を付け加えることになると思うのだが……。

岩波淳子が若き日に聞いた海女の息継ぎの音が潮騒の間に聞こえてきたら、どれほど魅力的かと思うが、一旦車に座を譲った海岸線は元には戻らない。なんとも残念だ。

建物と庭、二つが合体して一つの造形をなすのだと、つくづく今回の修復作業を通じて思い知らされた。そして、惜櫟荘の主庭は相模灘、と改めて思う。またそのように岩波茂雄と吉田五十八は意図したのだろう。

わが半生の中でこれだけ雄大な景色を探すとなると、一九七〇年代の初めに住んだスペインのアンダルシアのアスナルカサ村しか思いつかない。村は牛の背のような高台にあって、教会の尖塔が空に向って伸び、コウノトリが巣を造っていた。高台の土手には野菊が咲いて、西側の茶褐色の低地にオリーブ畑が広がり、セビリアからポルトガル国境の町アヤモンテに向う鉄道が大きな弧を描いて伸びていた。

夕暮れの散歩時、ポルトガルに向って沈む夕陽は雄大で、毎日見ていても飽きることはなかった。この一角にノーベル文学賞作家、J・R・ヒメーネスの『プラテーロとわたし』(岩波文庫、長南実訳)のモゲール村があった。

わが一家はこの地に二年ほど世話になり、私は闘牛の取材を続けていた。村の周りには名門パブロ・ロメロ牧場を始め、闘牛牧場が無数点在していたから、私にとって実に快適極まりない土地だった。

このときの闘牛の取材経験があるからこそ、時代小説を書けるのだろうと、収入もなくひたすら好きなことに没頭していた時代を懐かしく思い出す。

惜櫟荘から見る松と海の光景は、オリーブ畑に風が吹き渡り、銀色に輝くアンダルシアの景色を私に思い起こさせる。

遅い夏休み

わが惜櫟荘のある石畳界隈、二本の道路に挟まれているわりに、車の音も比較的しなくて静かだ。その一方で定住者が高齢化して、日中滅多に人影を見ることもない。そのせいか野鳥が多く栖にしており、ヒマワリの種を入れたエサ場には常にジョウビタキなどが集まっている。また小動物も狸、猿、ハクビシンと棲息している。

惜櫟荘の修復が完成して、水澤工務店から引き渡しがあったのが二〇一一年六月の初旬だ。

二年余り、作業工程に合わせて、多くの職人衆が敷地内の宿舎に泊まり込み、夏など海際の敷地でバーベキュー・パーティなどする声が母屋にも伝わってきて賑やかだった。だが、引き渡しを終えた今、もはやわれら家族だけが住人になった。

それを待ちわびていたかのように、惜櫟荘に四足獣が姿を見せる痕跡が、近江舞子の錆砂利の上にくっきりと残るようになった。

旧惜櫟荘の最後の十数年、岩波書店も岩波家もさほど頻繁に利用していた気配はなかったが、常住者はいた。天井裏を塒《ねぐら》にしていたハクビシンと、湯殿の天井に巣を作っていた蜂だ。

ハクビシンの糞は天井板の上に層をなすほどに積み重なり、所有者に断りもなく何年もあるいは十数年を超えて棲み暮らしていた気配が感じられた。複雑な形をした湯殿の屋根を食い破って出入りしていたらしい。

熱海は気候が寒くなく暑くなく、ついでに敷金礼金なしの住まいで、これほどの環境はあるまい。そして、周りには葡萄、イチジク、枇杷、柑橘類と果物が豊かで、食べ物にも不自由しなかったと見える。ためにハクビシンに最高の住空間を提供してきたらしい。

蜂の巣は結構大きかったが、水澤工務店の面々は慣れたもので、あっさりと巣をビニール袋に詰めて処理した。あとでうちの管理人に聞くと、大量の蜂蜜が採れたそうで、

「食べたら美味しかった」

と感想を述べていた。おそらくこの界隈を縄張りにしていたのだから、柑橘系の味わいがしたろう。

まあ、蜂の巣は別にして、ハクビシンの侵入は二度とご免だ。そこで複雑な屋根の庇下や床下の風抜きにはきちんと対策をとったから、今後はおそらくハクビシンの侵入は

あるまいと思う。問題の足跡だが、糞の状態からしてハクビシンではなく狸ではないかと思える。管理人がハクビシン対策に罠を仕掛けるといって、金網で造られた罠を用意したが、中にいれるえさが柿など敷地の成り物のせいか、未だ罠に入った様子はない。

今回の改修で警備を一新した。警備会社と綿密に相談した上で、惜櫟荘の周辺から侵入できぬように、夜間は監視カメラの他にレーザーセンサーを設置して、映像が管理人の小屋と警備会社に送られるシステムを採用した。

厳重な警戒は理由があってのことだ。私たちは惜櫟荘に住むために譲り受けたわけではない。文化的な記念建築として後世に伝えるために、家主となり施主となって、保存のための修復をなしたのだ。

その修復中、お隣の湘南界隈で文化財が焼失する事件が相次いだ。戦後日本の復興のきっかけを造った吉田茂元首相の屋敷も不審火で燃え、門だけが残ったそうな。私たち家族にとって、この火事による焼失が一番怖かった。火災保険、地震保険にはそれなりに加入したが、惜櫟荘に限らずこのような建物は一度消えたら、もはやそれでお仕舞だ。水澤工務店と板垣建築事務所から分厚く大きな竣工図が最後に届けられたから、当寸大の設計図で惜櫟荘の再現は可能だ。だが、それは惜櫟荘とは似て非なるもの、コピーに過ぎない。そんなわけで、私どもは一般家庭が設置しないような監視システムを採用した。

足跡が残った洋間、和室の前もむろんレーザーセンサーの可動域だ。ところがどうもこの最新鋭の警備網に侵入者は引っかかった様子がないのだ。警備会社が想定する侵入者よりかなり小さなものらしい。

後日のことだ。罠に小動物がかかったと管理人がいうので確かめにいくと、わが庭に棲息する狸公だった。キョトンとして困惑の体の狸は、その日のうちに無罪放免になった。


六月に惜櫟荘の引き渡しを工務店から受けたが、東日本を襲った大震災や福島の原発事故の復旧の目途が立たないこともあって、落成式を秋に延ばすことにした。

仕事をしながら熱海で静かに夏を過ごし、秋になって恒例の短い夏休みをとった。

今年も一家で旅は出来なかった。十六歳を超えた老犬ビダの世話を家族のだれかが見なければならない。もはやペットホテルに預けるには老い過ぎていた。目も耳も不自由で、昼夜の介護が要った。そこで今年も女房が早めの夏休みをとり、時差バカンスとなり、娘と私のフランス旅行になった。フランスもパリもそれなりに馴染みがあり、旅の中の旅、一泊二日でモンサンミッシェル、サンマロと、パリを離れた。このブルターニュとノルマンディ海岸地帯への一泊旅行は私も娘も初めての地だった。モンサンミッシエルの修道院へと続く参道を避けて、城壁伝いに天空の聖地を目指した。修道院に着いたとき、ちょうどお昼のミサが始まるところで、簡素なミサの進行に信仰心の薄い私も娘も感銘を受けた。

私の旅に確たる決まりはないが、名所旧跡は遠くから見て済ませ、名物は手にとらない、食べないことが多い。名物に美味いものなしと決め付けることもないが、マダム・プラールの有名なオムレツも、そのホテルに泊まったにもかかわらず食べなかった。

その代わりシーズンオフのサンマロに行き牡蠣とムール貝を食べ、白ワインを飲んだ。ビスケー湾に面した海岸の景色とムール貝が、ふと昔の記憶を呼び起こした。


堀田善衞先生夫妻のお供でパリに行く道中、ボルドーに一泊した。ちょうどワインの新酒が出回る季節で、世界中からバイヤーがワインの買い付けにきていた。

私たちはホテルのレストランでその夕食を摂ることにした。立派なホテルで、メニューは手書き、闘牛場でがさつなスペイン語を覚えたきりの私の言語力だ、フランス語の手書きメニューなど読めるわけもない。私の困惑を察した堀田が、

「佐伯、スペイン語もフランス語も元を辿ればラテン語に行きつく。ここは私に任せておきなさい」

と自信満々に仰った。先生は大きなメニューをしばし眺めて、料理担当のシェフを呼び、おもむろにわれら三人の注文をしてくれた。

やれやれ、ひと仕事を終えた体の堀田が、ゴヤの伝記を書くとき、スペイン語文献よりフランス語の資料をあたったというようなことを話してくれた。

隣のテーブルではバイヤーと思しき紳士が、大きなワイングラスのワインを鼻で香りを嗅ぎ、舌先で風味を確かめていた。だが、わがテーブルにはワインが運ばれてくる様子はない。

「先生、お酒が遅いですね」

「遅いな、もう一度催促してみるか」

と堀田が言ったとき、黒服を着た給仕が車輪付きの料理卓の上に、磨き上げられた銅の鍋や調理器具を載せておもむろに運んできた。卓には明らかにリキュール酒と思える酒壜が何本か並んでいた。

「先生、なにを頼まれたのですか」

「し、知らんぞ」

と堀田もいささか動じた様子があった。会釈をした給仕が料理を作り始めた。ざらめの砂糖を銅のフライパンに入れてアルコールランプで熱している。どうみてもこれは前菜でも主菜でもない、デザートだ。それも二つ、最後にはリキュールを掛けて炎まで派手に立てて見せた。そのざらめの料理が堀田と私の前に丁重にも置かれた。

堀田夫人は笑いを堪えているのか、見て見ぬふりをしている。堀田は憮然として、

「佐伯、食え」
と私に命じた。デザートのあと、ムール貝がてんこ盛りで供されたが、最初のざらめが舌に残って、なんとも微妙な味がした。

サンマロのムール貝はボルドーのそれより小粒だった。そして美味だった。
堀田夫妻とボルドーを訪ねたのは、おそらく三十年近く前のことだろう。あの当時、パリを含めてフランス北部の料理はバターが主な調味料だった。だが、時代が進み、フランス人の味覚も変わったか、健康に気をつけるようになったか、オリーブ油で味付けする料理法が増えていた。サンマロのムール貝もあっさりとした風味で白ワインによく合った。

この旅の大半をパリで過ごしたが、オリーブ油やオーガニックを売り物にするレストランが多く見かけられるようになっていた。

パリに戻った僕らは、ただひたすら市内を歩き回り、サンマルタン運河を巡る船のツアーに参加した。パリの北東部からバスティーユ付近のセーヌ川まで、水位二十数メートルを閘門九つで調整しつつ、最後はパリの街の下を流れる二キロの暗渠を探訪する、なかなかのツアーでございました。途中にマルセル・カルネ監督の戦前の名作『北ホテル』が今も安宿の風情を残して運河に溶け込んでいた。ただ今はカフェだけでホテルはやってないそうな。外国人観光客は少なく、乗り合わせたフランス人カップルの意味深な仕草が『北ホテル』のかすかな記憶と重なった。

一度だけおめかしして、オペラ座ガルニエに二〇一一―一二年のシーズン開幕プログラムを見にいった。ギリシャ神話に材をとった二つの作品で、一つ目の『フェードル』はセルジュ・リファール振付の再演、もう一作品はアレクセイ・ラトマンスキーが振付けた『プシュケ』で、世界初演であった。ドロテ・ジルベール、マチュー・ガニオのコンビはただ今いちばん見頃の舞踊家とか。大いに魅力的で楽しめたし、なんとも運がいいオペラ座ガルニエ見物でした。だが、それで終わらないのが華のパリのオペラ座だ。幕間にシャンペンを片手にオペラ座のテラスに出て、パリの夜の光景を見た瞬間は、

「なんと贅沢な時間よ」

と旅の醍醐味を味わったものだ。

短い旅が終って、惜櫟荘の修復落成の仕度に入った。

修復落成式（一）

短い夏の休暇を終えて落成式の最後の仕度に入った。パリから戻ってきたのが落成式の四日前、この短期間で準備が整うわけもない。出立前にいくつか仕度を終えていた。まずその一つが招待者のリスト作りだ。今回の落成式に関しては、建築関係の人々はすでに五カ月前に引き渡しが終っていることもあり、リストから外した。

出版界を中心に今後惜櫟荘を保存していくための観点から招待者の人選をなした。具体的には惜櫟荘の購入と修復に費やした資金の供給元たる出版社七社を中心に、マスコミ関係、友人と限らせていただいた。

一方惜櫟荘が六十有余年、岩波家と岩波書店によって守られてきたことを考えると、ぜひとも両者には出席を願いたいと思った。

リストアップしてみるとそれなりの人数になった。ともあれ招待状を作成し、リスト先に送付すると岩波家、岩波書店の双方から快く出席するとの返事がきた。

そんな最中、岩波律子から猪俣直子という方が惜櫟荘所縁《ゆかり》の掛け軸をお戻ししたい意向だから、会いませんかとの連絡を貰った。

猪俣は岩波茂雄の末娘、その名も種田《おいた》末の娘、茂雄の孫にあたる人だそうな。

渋谷の事務所に見えた猪俣は、海外暮らしが長いことを窺わせるお洒落なご婦人だった。

「私どもの両親は満州からの引揚者にございまして、祖父がおそらくうちの窮状を見かねて、困ったときにこの掛け軸を処分せよと私の母に渡してくれたのではないでしょうか」

と掛け軸が猪俣の手元にある経緯を語った。

昭和十八年(一九四三)に撮影された「末の送別会」という岩波家の家族写真がある。岩波茂雄ら一族の集合写真の中央に種田末を見ることができるが、直子と面差しがそっくりだ。この昭和十八年に岩波家から種田家に嫁いだ末は大陸に渡ったのだろうか。

古びた箱の掛け軸を広げると、小林勇の『惜櫟荘主人――一つの岩波茂雄伝』の口絵写真にあった「烟蒼浪落々」の五文字だった。少々傷んだ掛け軸や二重の箱書きなどを調べると、

中峰墨跡一行書

大徳寺開山嗣宗禅師

の文字があった。

なんと落成を前に惜櫟荘所縁の掛け軸が戻ってきて、招待客に見てもらうことが出来ることになった。私どもはすぐに猪俣直子に落成式への出席を願い、即座に快諾を得た。

招待状の返信が戻ってくるとちょっとした騒ぎになった。角川春樹事務所の御大自ら出席をするというのだ。出版界の風雲児角川春樹の出席で他の出版社が浮足立った。

私自身、付き合いのよいほうではなく、出版関係の集まり、パーティの類は全く出席したことがない。今回の招待者も、私の文庫を出版してくれる出版七社の編集、営業、宣伝の担当者など、普段から付き合いのある範囲で人選していた。だが、角川春樹が出席するとなると、「うちも幹部を」と言い出す社が出てきた。動揺した各社の申し出を固辞して、春樹の意志は有難く受けることにした。事情があったからだ。

私はかつて角川春樹と一度だけ会い、無心をした経緯があった。時代小説に転じて間もなくの頃のことで、初めて中古のマンションを購入することになった。その資金の一部を前借りできないかと願ったのだ。そのとき、なんと角川春樹当人が一席設けてくれた。その席で春樹は、

「陰陽家安倍晴明を書きませんか」

としきりに勧めてくれた。ということは私が角川春樹事務所で出した時代小説が決して

軌道に乗ってなかったことを意味する。だが、近世の江戸時代の知識、考証すら欠けた者が平安時代の陰陽師を書けるわけもないし、その場は曖昧に返事をしたように思う。その直後、春樹氏は国立某機関に「静養」に行かれたので、その話は沙汰やみになった。ともかくその時の恩義があった。ためにこの際、お礼を申し上げようと思ったのだ。ところがその直前、実姉の作家辺見じゅんさんが急逝され、出席は難しいのではなかろうかと娘と案じた。だが、編集担当の齊藤謙に問い合わせてみると、予定どおり出席との返答を得た。

招待状の返事が戻ってきた。それによると、出席者は六十名に及んだ。

この中には古い付き合いの人も多い。平凡社の元編集者木幡朋介は、小川国夫との共著『角よ故国へ沈め』の担当者であり、私が最初に出会った編集人であった。池孝晃は集英社の日本版プレイボーイの黄金時代の敏腕編集長であり、私に長編ノンフィクション『闘牛士エル・コルドベス　1969年の叛乱』を書く切っ掛けをくれた人物だ。

建築関係は外すつもりだったが、修復工程について出席者から質されたとき、施主兼番人の知識では心許ないと思い返し、建築家の板垣元彬に無理に願った。

和菓子舗の老舗虎屋グループの人たちも招いた。虎屋は御殿場に工場を持ち、その隣家は岸信介元首相の旧別邸で御殿場市が所有している。この御殿場市から虎屋は旧岸邸の委託を受けて管理していた。この建物もまた吉田五十八が晩年に手がけた作品であった。富士山を挟んで南と北の吉田作品を保存していくとき、企画などでお互いに助け合えないかと考え、お招きしたのだ。両者を繋いでくれたのは水澤工務店であった。

幼馴染みで北九州市周辺に白石書店のチェーン店を展開する白石穰一、文子夫人がわざわざ熱海まで来てくれた。数年前、出版取次会社の新年会で私がゲストとして招かれたとき、「穰一ちゃん」が舞台に花束を持って上がってきてくれた。半世紀ぶりの再会だったろうか。出版に関わるようになって、私の脳裏にいつも去来していたのは、

「おれの本が穰一ちゃんの店に並ぶことがあるのだろうか。穰一ちゃんは作家佐伯泰英が竹馬の友と分かってくれているのだろうか」

という思いだった。舞台で抱き合ったとき、何十年もの空白はすべて消えて、本屋の穰一ちゃん、新聞屋の泰ちゃんに戻った。以来、再び付き合いが始まっていた。

舞踊家小島章司との交友は、一九八一年、彼が創作公演『午後の死』を企画したときに始まった。闘牛について私に知識を求めてきたからだ。この公演がきっかけでフラメンコ公演の裏方として関わるようになった。台本家もどき、演出家もどき、プロデューサーもどきの域を出なかったが、日本フラメンコ協会の立ち上げにも一緒に関わったこと、そして、最後にパリのユネスコ公演をプロデュースしたことが大きな思い出か。

私がフラメンコ界から離れた後、小島章司の芸はさらに深化した。そのことは文化功労者など数々の賞が示している。フラメンコの技術を忠実に踏まえながらも、フラメン

コの枠を超えた舞踏芸術の高みに達したと、私が声を大にしていうこともあるまい。

　小林伴子は小島章司の一番弟子であり、八〇年代初めにスペイン留学から帰国後、彼女の公演を手伝うようになった。透明感のある淡麗な踊りとカスタネットの技術は、絶品である。小島章司と小林伴子の二人は、筆一本で食えない文筆家の私を支えてくれた数少ない友人だった。

　北川大祐は愛書家の児玉清の令息であり、佐藤浩史は児玉清のマネージャーであった人だ。児玉清とは、惜櫟荘の修復が完成したとき、月見の宴をなす約束ができていた。だが、突然の訃報でそれは叶わぬことになった。そこでまことに勝手ながら、児玉清夫人北川好子さんを含めて愛息、佐藤マネージャーをお招きできないかと考えた。

　落成式に参集する大半の出版関係の人間は児玉清に世話になった者ばかりだ。佐藤マネージャーに打診してみたところ、大祐氏と自分はよいが、夫人は未だショックから立ち直られていないので遠慮したいというご意志で、二人をお招きすることにした。

　招待者の出欠がほぼ出そろったところで、各出版社の編集担当に相談して手助けをしてもらうことにした。

　当初、惜櫟荘の見学とパーティは同じわが敷地内でと考えていた。だが、修復なったばかりの惜櫟荘での飲み食いは避けたかった。なにより六十余人が集うには狭い。そこで惜櫟荘の隣地の庭を使ってガーデン・パーティが出来ないかと考えを変えた。

ＮＨＫの自作の時代劇ドラマが終わったとき、この庭を使ってパーティを催したことがあったから、出来ないことはあるまい。その時も熱海市内のレストランに手伝ってもらい、料理と酒はすべて用意してもらった。

それでも家族の負担も大きい。そこで惜櫟荘の見物と宴の場所は別にすることにした。私の頭に浮かんだのは、伊豆山の老舗旅館蓬萊の別館レストランのヴィラ・デル・ソルだ。

元紀州藩徳川侯爵が所持していた図書館南葵文庫を移築したもので、私ら家族が普段から世話になるレストランだった。海際の立地はよし、料理も美味しい。そこで日頃から親しくしてもらっている女将の古谷青游に相談すると、快い返事を貰った。

惜櫟荘からヴィラ・デル・ソルまで家族を含めて六十数人からの移動をどうするか。いささか問題として残った。だが、レストランの内田マネージャーが、出入りのタクシー会社と契約して一気に運送するからと知恵を出してくれた。そんなわけで惜櫟荘では一切飲み食いをせず、車で七、八分のヴィラ・デル・ソルで宴という段取りに落ち着いた。

惜櫟荘が完成段階に入ったとき、二年余に及ぶ作業の撤収が始まった。処分する廃材の中に奇妙なものを見つけた。出刃庖丁のようなかたちをした瓦だが、どこにどう使われているのか分からない。なんとなく修復の記念に持っておこうといくつか拾い上げた。

後に、お招きした客人になにか記念の品をと思ったとき、その奇妙な瓦が私の脳裏に浮かんだ。そこで栢沼所長にあれは屋根のどこの部分かと聞くと、弧状の瓦が連なり棟下まで組み合わされたとき、棟屋根の下に出刃包丁のようなかたちをした部分が波型に残る。そこをふつうは漆喰などで埋めるのだが、惜櫟荘の場合は、面戸瓦と称するもので塞いであるそうな。この面戸瓦、棟面戸瓦とも鰹面戸瓦、櫛面戸瓦とも呼ばれるとか。鰹や櫛のかたちに似ているので、そう称されるのだ。

修復に使用した面戸瓦(上)と，修復完成の記念品(下)

この面戸瓦を記念品に利用できないものだろうかと、水澤工務店の安田営業部長に伝えると、急に張り切って三河の瓦屋に連絡をとり、百個ほど新たに焼いてくれることになった。この面戸瓦が利用できるとしたら文鎮くらいしか思いつかないが、

平成二十三年惜櫟荘修補　佐伯泰英

と刻印してもらうと、なんとなくかたちになった。

これを桐箱に収めて虎屋の羊羹とともに招待客の土産とした。

落成式の仕度も大詰めに近づき、宴の二時間、退屈しないだろうかという疑問がスタッフの間から呈された。私も家族も惜櫟荘を見物してもらい、ヴィラ・デル・ソルに移って相模灘に映る晩秋の名月を愛でながら、酒と料理を楽しみ、談笑してもらうのが一番肝心と考えていた。だが、疑問を呈されると、どうしたものかと悩むことになった。そこで小林伴子に相談すると、三人の楽師を紹介してくれた。

古典雅楽の能管演奏者の太田豊、ウッドベースの佐藤えりか、小鼓の望月太満衛の三人で、小林は自らの舞台で共演したことがあるという。早速太田に連絡をとってもらい、了解をえた。この三人に伴子自身がサプライズゲストとしてカスタネットで加わるという。こうなれば、退屈する間などないはずだ。ヴィラ・デル・ソルに楽器演奏のOKを貰って、落成式の仕度を終え、私は短い休暇旅行に出た。

修復落成式(二)

十月は比較的天候が落ち着いた日々がつづく。それが証拠には東京オリンピックが開催されたとき、識者専門家政治家らが集い、国の威信をかけたオリンピック開会式の日取りを決めたことを思い出す。そして気象学上の過去の統計を参考として、快晴である確率が高い十月十日に決まったのだ。私は日本大学芸術学部映画学科撮影コースに在学中だったが、公式記録映画『東京オリンピック』のスタッフとして動員されたから、この日の雲一つない快晴を格別に記憶している。

古い記憶を引っ張りだして、惜櫟荘修復のお披露目を十月十三日と決めた。この日にしたのは、週半ばで招待者が比較的閑(?)ではあるまいか、さらには十三日ならば観月に相応しい月であろうと考えたからだ。なんとしても雨だけは避けたかった。

だが、世の中には稀代の雨師がいる。たとえば私が愛読する内田百閒の『阿房列車』の名脇役「ヒマラヤ山系」のような雨男だ。この奇妙に魅惑的な鉄道同乗ルポのどこをとっても雨が降っている。それはヒマラヤ山系こと平山三郎のなせる業だ。

　わが招待者にまさか雨師はおるまいと思った。家族三人で何度も週間天気予報を確かめ、「大丈夫」と安心したあと、ふと思い出した。雨師に心当たりはないが、雨女が一人いた。某出版社のY嬢だ。彼女は熱海の我が家に何回も訪ねてきたが、駅に着く刻限から雲行きが怪しくなり、わが家の石段を彼女が上がり出す頃に雨が降りだす。当人も心得ているらしく、「雨女」を自認して憚らない。

　各社の編集者がYに「禁足令」を発動しろと私に迫ったが、そうもいかない。

　ともかく不安の内に当日を迎えた。

　まずまず晴れ、一家で安堵した。だが、お客様が集まり始めた三時過ぎから雲行きが怪しくなった。こうなればもうどう足掻いたところで始まらない。どしゃぶりだろうがなんだろうが、どんとこいと覚悟した。そのせいか太田豊が黒烏帽子、大紋姿で横笛を演奏して歓迎する午後四時になっても、曇天ながらなんとか雨は踏みとどまってくれた。

　各社の編集担当者が招待者の荷物預かり掛りやら案内掛りを務めてくれたが、某社の某は、

「佐伯ったら変な趣味があるな、正月の蕎麦屋で流すような調べをバックミュージックに流すなんて」

と思ったそうだ。正真正銘本物の楽師の演奏です。私は松風に笛の調べが調和して面白

いと思った。

三々五々と集まった招待客が思い思いに散らばり、修復なった惜櫟荘を見物して回り、あちらこちらで歓談した。予定の一時間があっという間に過ぎていく。

毎日新聞の荒牧万佐行カメラマンが集合写真を撮りませんかと私に提案した。

吉田五十八ご自慢の総開きの洋間の縁側に招待者が並ぶことになった。あとで撮影された写真を見ると、前列に十一人が並び、後ろの三列が加わってなかなか壮観。

「よう、五十八!」

と声をかけたいほど開口部が広く、さらに雨樋なしの屋根瓦がなんとも美しい。

惜櫟荘お披露目の一時間は賑やかな内にもあっという間に過ぎ、全員ヴィラ・デル・ソルに移動した。


雨女Y嬢は最近能楽師と入籍したそうな。名が変わり、雨女を辞退したか、結婚して霊験あらたかでなくなったか。なんとか雨は降らずに済んだ。しかし、宴のレストランに移動した途端、雨が降り出したところを見ると、結婚も雨女の魔力を取り去ったわけではないようだ。

ヴィラ・デル・ソルは元紀州侯の図書館、立派な洋館で屋根がある。こうなれば雨だろうが雪だろうが盛大に降ってくれと、ホスト役は居直った。

途端に司会役を務めることになった、某大手出版社のNが落ち着きをなくした。

「こんな立派な会場だなんて、だれも教えてくれませんでしたよ。ぼ、ぼく、び、びびっちゃったな」

と急に弱気になった。幕末に志士を輩出し、歴代首相数ナンバーワンの長州生まれ、京都の有名国立大学理科系出身にして某出版社の文庫担当、実に小まめ(仕事面に反映しているかどうかは不明)で社内滞在時間最高記録保持者、社を住まい代わりにしている節もあり、万が一に備えてコンビーフなど備蓄食料も十分あるそうな。落成式のために用意した芳名帳に、

「瞼を閉じれば名月浮かぶ」

と出ぬ月まで瞼に映じさせたNがこれほど上がり屋とは考えもしなかった。ともあれいつにもまして、

「あーえー、その、そろそろ落石荘の落成式の、えーうー、パーティを始めたいと、えー思います。そ、それで落石荘番人の……」

と冒頭と言葉の合間合間に多彩な間投詞を絶妙に挟み込んで、なんとも人柄がにじみ出た司会で宴が進行し始めた。

「Nさん、落石荘ではありません、惜櫟荘です」

と私が傍らのNに小声で注意したが、いったん思い込んだものは変えようがない。

惜櫟荘ならず落石荘番人たる私が、建物を譲り受けた経緯と、いかにその完全修復に拘ったかを説明し、一つのことを申し述べた。それは『惜櫟荘主人――一つの岩波茂雄伝』(小林勇著、岩波書店)から得た知識をたよりに、

「旧惜櫟荘が建設された戦前、建築の原資となったものは、売れ行き好調だった岩波文庫だったようです。戦場に徴兵される若人らは、限られた私物の中に岩波文庫の古典を忍ばせていったとか。ですが、七十年の歳月が過ぎ、文庫の意味合いも変わってきました。かくいう私は文庫書下ろし時代小説という、これまで老舗出版社が考えもつかなかった一発勝負の文庫書下ろしで出版界になんとか生き残ってきた小説家です。惜櫟荘は岩波文庫で建てられ、七十年後、書下ろし文庫で守られた建物でございます」

と私の出版界での立場を重ねて挨拶した。

「あーうー、続いてしゅ、出版界のふう、風雲児角川春樹社長よりあーえー、か、乾杯の音頭を」

とすでに顔は真っ赤、汗みどろのNが春樹社長を指名し、間延びした口調がなんとも心地よい名調子の司会に続いて、挨拶慣れ、乾杯役慣れした春樹社長が、

「新たに惜櫟荘主人に就いた佐伯は、時代小説に転じた当初から売れたわけではございません」

と、触れてほしくない話題から祝いの言葉を述べ始めた。だが、事実だから黙って拝聴

するしかない。

私が十三年前、初めての時代小説を書いたのが祥伝社の『密命　寒月霞斬り』で、二番目が角川春樹事務所に願った『瑠璃の寺』(文庫化で改題『悲愁の剣』)であった。

十三年間でおよそ百七十数冊の時代小説を出版したが、唯一『瑠璃の寺』だけがハードカバーとして世に出た。

「この『瑠璃の寺』、全く売れませんでした、はい」

と一拍間を置いた春樹社長が、

「ところが文庫化すると動き出した」

とこちらの立場を立ててくれた。これで気をよくしたか、春樹社長のスピーチは乾杯の音頭を忘れてしまうほど長く続いた。のちに編集担当のSが、

「うちの社長は挨拶慣れしてますし、簡潔にして明瞭です、なんて高言しまして、申し訳ありませんでした。私の知るかぎり社長の最長の挨拶時間でした」

と詫びた。

こちらは出版界一、パーティ慣れしていないホストだ。ふだん慣れない分、上気して祝いの言葉をもらい、お礼を述べ、その合間にワインを飲みと大忙しだ。

ふと気づいてヴィラ・デル・ソルのベランダに出てみると、喫煙組の溜まり場になっていて、児玉清令息の北川大祐や佐藤浩史マネージャー、それに新潮社の編集者らがい

た。児玉の名著『寝ても覚めても本の虫』を編集した面々だ。ここでもNの名(迷?)司会ぶりが話題になっていて、

「Nさん、なかなかやりますね。あれ、天然ですか」

「天然も天然、地のままです」

「ヴィラ・デル・ソルの女将が絶賛してます」

などという会話が飛び交った。眼前の相模灘に目をやると、雨がしょぼしょぼと降りつづき、月など出る気配はない。

「やっぱりY嬢の魔力や空恐ろし」

と私が呟くと、大祐が、

「いえ、これは父が流すうれし涙の雨です。おれもこの場に居たかったという雨です。Y嬢の降らせた雨ではありません」

と言い切った。

この話には後日談がある。

Y嬢は入籍を済ませたが披露宴はまだだった。年が明けて渋谷のホテルで盛大なパーティが催され、私も呼ばれた。この稀代の雨女は、自らの晴れ舞台を見事な日本晴れに演出した。この神通力を見よ。雨女は降らすも晴らすも自由自在なのだ。児玉さんのうれし涙の雨か、雨女の神通力か。私はただそのとき、

「もう一人この場にいるべき人がいてくれたら」
と考えていただけだった。

横笛、小鼓、ウッドベースという編成の楽曲を初めて聞いた。小林伴子が惜櫟荘には「和のテイストが合う」と選んだトリオだった。惜櫟荘にも合うが南葵文庫のように明治期の洋館にも調和する。それに和服の伴子がカスタネットで参加するクァルテットは絶妙であった。伴子は和服でフラメンコを優雅に踊る達人である、ということは世界唯一の着物でのフラメンコ・パフォーマーということになる。

太田豊は長年『海人族のテーマ』という曲作りに拘っているそうだ。今回のパフォーマンスに合わせて、拙著「新・古着屋総兵衛」第一巻『血に非ず』(新潮文庫)を読み、イマサカ号という大帆船が大海原を疾走する描写に想を得て、創作した曲だそうな。そのデモ・テープを伴子が聞いて頭に曲想を残し、当日即興で加わった。さらに小島章司が小林伴子とセビジャナス(セビリア地方の民謡)を一指し舞ってくれて祝いに華を添えてくれた。不遇の時代を支えてくれた二人の友人だ。

二人の踊りを見ながら、小島のパリ・ユネスコ公演でのスタンディング・オベイションの光景、伴子が文化庁主催の芸術祭賞をとった『赤い靴』公演の透明感の際立った踊りの風景、それらを走馬灯のように思い出し、よくまあ出版界の荒波を生き抜いてきたものよと一瞬感慨に耽った。
宴は続いた。雨も降り続いた。月は雲に隠れてついに姿を見せなかった。

お披露目が終ってなんとなく落ち着いた頃、ハクビシン対策に仕掛けていた罠にまた狸が捕まった。わが敷地に棲む狸だ。

一方、飼犬のビダは齢十六歳と八カ月、多難の夏を乗り切り、この分ならば十七歳の誕生日を迎えられそうだと楽観する一方で、急激に足腰が衰えているのを危惧していた。

二〇一一年十一月末、わが一家は熱海から東京のマンションに移動した。マンションの駐車場に着いたところでビダは黄色の粘液を吐いた。ドライブの疲れかと一晩様子を見ることにした。翌朝私が仕事をしていると部屋の隅で再び吐いた。これまで見たこともない嘔吐で尋常ではないと思い、東京での掛かりつけの日本動物医療センターに連れていった。数年前、子宮筋腫で卵巣を摘出したときも、この病院で手術を受けていた馴染みの動物病院だった。

二日後、精密検査の結果、犬膵炎リパーゼという診断が下り、その治療が日夜を違わず施された。私どもは昼間ビダの見舞いに通い、夜になると携帯電話が鳴らないことを祈った。四晩目を乗り切った早朝、ついに私の携帯が鳴り、私と女房が病院に駆け付けた。

ビダは一般治療ケージから緊急治療ベッドに移り、懸命の治療を受けていた。痩せた体とはずむ息遣いが、死期の迫っていることを告げている。

午後二時二十四分、T獣医が、

「心臓マッサージを止めます」

と宣告してビダは死んだ。

T獣医がビダを私に抱かせてくれた。温もりがある体は、まるで羽のように軽く、顔は安らかだった。

高が犬一匹の話だが、家族同然の犬だった。私の不遇時代から時代小説に転じて、生活環境が大きく変わる様子をすべて見てきた犬だった。

通夜の翌日、荼毘に付すると、ビダはかさこそとしたわずかな骨に変じた。

熱海から東京に移動した日に罠にかかった狸は、夕暮れ、管理人の手で罠から解き放たれた。すると狸が振り返り振り返り、巣穴に戻っていったそうな。

四十九日を過ごした後、惜櫟荘と相模灘を見下ろす庭の崖地にビダの遺骨を埋葬しようと思う。狸の巣穴のすぐそばだ。

惜櫟荘修復完成を待ってあの世に逝ったビダが、これからは惜櫟荘の護り本尊だ。

勝手にスペイン風の戒名を考えた。

「ビルヘン・デ・ラ・ビダ聖女生命《ビダ》」

松の話

昨年の十月、台風が相模灘を北上した。その折、修復なった新惜櫟荘は初めて台風の襲来を受けた。旧惜櫟荘時代、台風がやってくると大変だった。なにしろ幅百八十センチもある傷んだ雨戸を守るために、内側に柱を何本も立てねばならない、なんとも手間のかかる作業が要った。洋間と和室、この作業は最低二人で小一時間はかかった。本来雨戸は家の内部を守る建具のはずだが、旧惜櫟荘では、まず雨戸の補強から台風対策が始まった。

修復なった新惜櫟荘は、大雨戸の真ん中に鉄芯入りの竪框が増やされ、それだけ強度を増した。ために三枚の大戸がするすると開閉でき、一枚ずつに装着された上げ猿、下げ猿は猫で固定され、さらに台風用にもう一つ、特製留め具の猿が付けられて万全となった。

猿とは板戸の戸締りのために上下する木栓のことで、猫とは猿を固定する具材だ。それに昔からの錠が掛けられればもはやいうこととなしだ。

そんなわけで台風は吹き荒れたが難なく過ごした。だが、台風が過ぎていささか気になる現象に気付いた。建物自体ではない。庭の大松のあちらこちらが黄色く変色し、常磐の松であるはずの緑に異変が生じた。

最初、台風の影響で枝が折れ、あるいは潮風を被って一部分が枯れたのではと推測した。それならば枯れ枝部分が風で落ちてくるのではと思った。だが、よく観察すると、松全体に生気がないように思えた。

これはどうしたことか？　庭のすべての松に松枯れ防止用樹幹注入剤マツガードを注入していた、ほぼ一年前の二〇一一年二月二十四日のことだ。そのマツガードが悪さをしたか、素人はあれこれと考えた。

前述したように、惜櫟荘の庭の王様は、なんといっても大小九十数本の松だ。樹木の主役に異変が現れたのだ、不吉な感じがした。

百年を超す大松が枯れたのでは、惜櫟荘の魅力が半減するどころではない。一月余りの観察の後、惜櫟荘の造園を担当した岩城に連絡をとった。すると営業のYが駆け付けてきて、大松の海側、山側の枝先の写真をとり、首を傾げて帰っていった。さらに二週間後に枯れ具合を案じて、様子を見にきて、樹木専門の薬品メーカーを呼んで実態調査を行うことが決まった。

職人一人が大松の頂きまで登り、枝先を海側、山側と切り取って樹液、私たちが松脂と称しているものが枝先まで回っているかどうかを調べるというのだ。崖地に立つ大松だ。

海面から大松の頂きまで四十メートルは優にあろう、よじ登るのも大変だろうと思った。だが、造園の世界に欧米で流行のスポーツ、ツリー・クライミングの技が導入されたこともあり、足場も要らずに、さすがにするするとはいかないが、尺取虫のように職人が大松の枝に取りつき、さらに同じようなことを繰り返して、てっぺん近くの枝に到達して枝を切り落とした。

その結果、海側、山側の両方の小枝にも樹液が上がっており、まず松くい虫病にかかったことではないことが判明した。それでも薬品メーカーに、樹液にマツガードが浸透しているかどうかの検査を依頼した。その検査に二月ほど要するとか、ともあれ、一安心した。それでも私はバード・ウォッチング用の単眼鏡で、黄色から茶色に変わる松の枝を毎日観察するのが日課になった。

私たちが熱海に来た当時、えらく町は寂れていた。だが、数年後、ささやかな熱海ブームが到来して、大勢の年寄り連(いつの間にこちらもその一員に加わっていた)が押し寄せるようになった。駅前を通りかかると、高齢化した日本の現実が如実に拝める。

八、九年前、お隣さんがだれかも知らなかった私が惜櫟荘の番人に就任し、修復まで成し遂げたにもかかわらず、建物と環境をどう保存継承していくべきか、未だ決論を出せず悩んでいる。この一件、私の代で終わるべき話ではないのだ。どうすれば七十年後、百年後に残せるのか。どういう使い方をすればよいのか。

「修復」するよりも「継承保存」するほうがどれほど大変かということを承知している。

私が仕事をしている分にはなんとかなりそうだが、娘にまで私の気まぐれを背負わせるのはいささか気の毒だ。だが、やりかけたことだ。あれこれと答えの出ない議論が家族間で繰り返し続くことだろう。

あとがき

熱海の住人になって十年、偶然がきっかけで岩波別荘惜櫟荘の番人に就いて四年余、この短い歳月が熱海を取り巻く環境を変えた。

戦前に開発された別荘地だった石畳と私一家が縁を持ったときには、この界隈には未だ「戦後」の名残りが感じられた。昭和三十年代の熱海好景気を知る人々が住んでいた。また同時に彼らは、その後の客離れと熱海不況を体験してきた住人でもあり、その落差のある思い出話がなんとも懐かしく切なく面白かった。

そんな低迷しつつもどことなく緊張感を欠いた熱海を不運が見舞った。バブルがはじけた後遺症がこの石畳別荘地に変化をもたらしたのだ。

住人たちが高齢化してきたことも相俟って、海軍さん、隣家某寺の管理人夫婦と、一人ふたり私たちの周りから消えていった。

そんな最中に惜櫟荘の番人に就くことになったのだ。生来のせっかちと向こう見ずが突っ走らせたか、建築から七十年を経ていた惜櫟荘の完全修復を思い立った。

このささやかな物語に書いたように、惜櫟荘の主人は岩波茂雄であり、設計者は近代数寄屋の提唱者吉田五十八だ。独創の出版人と江戸の粋を知る建築家のぶつかり合いが残した小さな建物がそうさせたというほかない。

とはいえ私が惜櫟荘の来歴を承知していたかといえば、全く無知であったと告白するしかない。この地に住むようになって、門を閉ざす惜櫟荘のことが気にかかり、庭師が入った日に頼んで見せてもらった。

その瞬間、日本建築に造詣もない私が、この古びた家の意味と環境を直観的に理解した。惜櫟荘に関わりを持った尾崎行雄や幸田露伴、志賀直哉をはじめとする政治家文人学者たちの溜め息や呼吸が壁や柱に染み付いて、私になにかを喚起させたのだろう。

私が番人に就いた経緯《いきさつ》と以後のことは『惜櫟荘だより』を読んでもらうしかないが、建築して七十年を経て傷んだ建物の修復へとまっしぐらに走り出した。大変慌ただしくも激動混乱の四年であったが(家人の苦労は別にして)、私自身は大変貴重かつ楽しい時を過ごさせてもらった。

「月刊佐伯」と揶揄される文庫書下ろし時代小説作家の暮らしは、盆暮れもなく決まった分量を書き続けることだ。そんな暮らしの合間にのぞく普請場の職人たちの技と仕事ぶりを楽しんで英気をもらい、またわが仕事場に戻っていく日々であった。

譲渡をうけてから三年半後には新築扱いの修復が終わっていた。

本文中にも書いたが、この建物と環境をどう保存していくか、わが一家に命題が残された。登録有形文化財、ＮＰＯ、ナショナル・トラストと、あれこれない知恵を家人らと絞っているが、どれも一長一短あり、差し当たって私が存命の間は惜櫟荘を利用しつつ守っていくしかないかと思っている。

文庫書下ろしという出版形態は、十数年前まで存在しなかった。文芸書籍が売れ難くなった昨今、中堅の出版社が一発勝負の文庫書下ろしを手掛け、私など売れない作家がこの戦線で生き残りを図ったのが始まりだ。

いつの頃からか、時代小説文庫書下ろしの牽引車のように評されるようになり、当人は内心忸怩たる思いがなかったわけではない。老舗出版社などは絶対手を出さない「際物出版」だったからだ。

十数年倦まず弛まず書き続けてきた結果、百八十余冊の文庫と累計四千万部という夢のような数字を得た。これが惜櫟荘買い取りと修復の原資になった。

本文中に記したように惜櫟荘は、岩波文庫によって建てられたと聞く。それを時代小説文庫書下ろしが受け継いだと考えれば、まるで「縁」がなかったわけではあるまい。

それはさておき『図書』に連載した「惜櫟荘だより」が岩波書店からなんとハードカバーで出版されることになった。二年間二十四回分に加筆して、写真を加えることにした。ついでに報告すれば、『図書』の連載は「惜櫟荘の四季」として続くそうな。改めて気を引き締め直し、徒然なるままに「惜櫟荘だより」で書き残したことや惜櫟荘の変化を報告していきたい。

付記すれば、惜櫟荘をこれからも支えるであろう海側の土地の整備も始まり、伊豆山十二号泉は替掘り(老朽化した源泉に替わり新たな源泉掘削)作業という大事業が待ち受けている。狭い一角だが、なにかと動きはありそうだ。

最後になりましたが、惜櫟荘修復にあたり、建築家の板垣元彬氏、水澤工務店、大工棟梁川本昭男氏を始め職人衆、浅慮な番人にあれこれと配慮して下さった岩波家の方々に感謝申し上げたい。また本書出版に際し、口絵写真を快く提供してくれた写真家の荒牧万佐行氏、言美歩氏に深く感謝を申し上げたい。本文中、クレジットのない写真は私自身か娘の朝彩子の撮影したものである。

最後に岩波書店社長の山口昭男氏、『図書』担当富田武子さん、書籍担当中嶋裕子さんのご高配とご協力にお礼を述べたい。

二〇一二年四月吉日

佐伯泰英

惜櫟荘だより番外編

芳名録余滴 ── 現代文庫版あとがきにかえて

惜櫟荘の番人に就いて八年目を迎えた。

以前から気に掛かっていた芳名録をこの機会に探訪してみようと思う。惜櫟荘を訪れた岩波書店との付き合いのある文人墨客、岩波茂雄の同郷人、一高の同窓生、友人、そして書店員は当然のことながらかなりの数にのぼる。

芳名録が用意され、そこに記帳がなされるようになったのは昭和十六年が最初だが、正確な日付は不明だ。そして平成十二年、「二〇〇〇年早春」で終わっている。

この度、偶然にも見る機会を得た。

いや、想像以上の芳名録で圧倒された。むろん岩波茂雄の名と書店の力ゆえこれだけの人材が惜櫟荘に集まったのだろう。なかには二度三度と訪れている人もいる。その再訪者の多くが惜櫟荘の魅力に惹かれてのことだろうと思う。

まるで惜櫟荘を自分の別邸のように使い、何十回と訪れたのは岩波茂雄の旧友、安倍能成だろう。

この惜櫟荘が完成を見たのは昭和十六年九月。この年の十二月八日の太平洋戦争開戦をちょうど中ほどにはさんで、昭和十七年二月十四日に私が生まれている。父によって拳英と名づけられたが、これは英軍が駐留していたシンガポールを日本軍が占領した記念に、英国を拳(平)らげたという史実に基づく命名で、戦時色の濃い名である。

つまりはこの惜櫟荘という建築と私はほぼ同時代を生きてきたことになる。とはいえ、なにも因果関係があるわけではない。開戦を経て、敗戦を迎え、飢餓の中で育ち、戦後の復興をともに過ごしてきたというだけのことだ。

この芳名録に記録された多彩で大勢の人々が一軒の小家を通り過ぎて行った。人によっては安らぎを、また別の訪問客には感銘を、またここに缶詰めになった作家や学者にとっては呻吟をと、惜櫟荘はいろんな想いを与えてきたことになる。そのことに私は単純に感動を覚えるのだ。

そして、大半の訪問者がこの場で感じ、ここから得たのは「無為」の二文字ではないか。所用があって訪れた客も、作品を仕上げるために滞在した作家も、惜櫟荘のソファーに座り、松越しに相模灘の海と初島を見る時、用事を、原稿書きを忘れて無為に時を過ごしたのではないか。それこそ惜櫟荘の特徴、至福であった。

たとえば一九八一年一月十一日、歴史家色川大吉は、

厳冬の西域の旅より帰りて　温かい熱海の　海に向かって放心する

と記し、続けて

高取正男君逝く

宮本常一さん逝く　惜春

と、自身とほぼ同年の民俗学者高取正男氏と『忘れられた日本人』で知られる宮本常一氏の逝去を惜しみ、想いを寄せている。

また丸山眞男は一九八三年一月にこう詠んでいる。

佇むや　痩せし櫟の　影長く

島田雅彦は「一九九二、二、二五〜二九」の日付で、

しばらく眠り　しばらくまどろみ

手をこまねいて　またしばらく休む

と『預言者の名前』(一九九二年刊)執筆の折の感想を記す。
「無為」に過ごした作家ばかりではない。写真家時代、わずかに言葉を交わした立松和平は、

思が私に　物語り出す
ついについに
『贋南部義民伝』脱稿す
一九九二年六月七日
夜のつづきの朝　立松和平

と記す。律儀だった立松和平を彷彿させる書き込みではないか。早世した作家の面影と独特の言葉遣いを思い起こした。

昭和十六年秋、惜櫟荘は落成した。ゆえに『惜櫟荘』芳名録第一冊は、昭和十六年、つまり一九四一年から始まる。だが、芳名録の順序に確かな時系列があるかというとそうではない。訪問日を記した人は極めて少ないうえに、芳名録が一冊だけではなく和室と洋室それぞれに置いてあった可能性もあり、また芳名録は最初から綴じられたもので

はなく紙束が置かれてあり、ある程度記名が溜まった折に一冊に綴じられたようでもある。ゆえに頁が前後するケースが生じたのであろう、時系列順とは限らないのだ。

とはいえ芳名録第一冊目とおぼしき綴りの冒頭には

「昭和十六年　伊沢多喜男」

と揮毫されている。伊沢は内務官僚から政治家に転じた信州高遠藩藩士の血筋に連なる人物で、岩波茂雄とは長野県人の繋がりだ。

この時代のだれもがこれほどの毛筆遣いだったのか、見事な達筆ばかりである。私の判読能力を超える揮毫も多い。また初期は名前だけの記帳がほとんどである。

続く頁には、甘露寺受長《かんろじおさなが》や内山完造らの名が見える。法学博士甘露寺は東宮侍従、侍従を経て明治神宮宮司になった人物であり、皇后陛下美智子妃に宮中祭祀を講義した。

日中文化交流の功労者内山完造は、大正六年から上海で内山書店を開業し、魯迅らと交友があった。敗戦後の昭和二十二年に中国から帰国しているゆえ、昭和十六年秋の惜櫟荘訪問は、一時帰国していた時のことだろうか。岩波茂雄とも親交があり、戦前、岩波は上海の内山を通じて「魯迅文学奨金」に寄付もしている。

さらに頁を繰ると西田幾多郎、琴子夫妻、そして吉田五十八夫妻の署名も見える。

私には西田幾多郎を哲学者と書く以上の知識はない。読者諸氏のほうがはるかにご存じであろう。夫人の琴子は津田英学塾の教授であり、岩波茂雄が琴子を西田に紹介した。

吉田五十八は言うまでもなく惜櫟荘の建築家であり、完成した建物を初枝夫人に見せたのであろう。その光景が目に浮かぶ。惜櫟荘は吉田五十八にとって格別な建物であったことは本書『惜櫟荘だより』にたっぷりと書いたゆえ、なんとなく吉田五十八の人となりが浮かぶのだ。

さらに興味深い名もある。藤村朗は、一九〇三年五月二十二日、『巌頭之感』をミズナラの木に書き付けて日光の華厳の滝に自裁した第一高校生藤村操の弟だ。

悠々たる哉《かな》天壌　遼々たる哉古今　五尺の小軀を以て此大をはからむとす。ホレーショの哲学竟《つい》に何等のオーソリチーを値するものぞ。万有の真相は唯一言にして悉《つく》す曰く「不可解」。我この恨を懐て煩悶終《つい》に死を決するに至る。既に巌頭に立つに及んで胸中何等の不安あるなし。初めて知る大なる悲観は大なる楽観に一致するを。（『岩波茂雄伝　新装版』より）

前途有為な一高生藤村操の自殺は当時の同世代の若者に大きな影響を与えたことは広く知られる。岩波茂雄は一高時代にボート部で藤村操と顔なじみであったという。激情家でもあった岩波が藤村の投身に大きな衝撃を感じたことは岩波自身が後年振り返ってこう記している。

巌頭之感は今でも忘れないが当時これを読んで涕泣したこと幾度であったか知れない。友達が私の居を悲鳴窟と呼んだのもその時である。（同前）

建築家にしてのちに三菱地所の社長を務めることになる藤村朗は、兄の死から三十八年後に惜櫟荘を訪ねて、自ら命を絶った兄が生きてこの世にあればと、櫟の木に想いを重ねたのではないか、と私は勝手に想像する。ついでに記すと、操の妹の婿が夏目漱石の高弟にして『岩波茂雄伝』の著者、安倍能成である。

この芳名録にある名の大半は先の西田同様、私の学識では到底手に負えない人物ばかりだが、そのなかからわずかに私が名をのみ知る人物を挙げれば、神近市子、安倍能成、杉村楚人冠、河野与一、武見太郎、斎藤茂吉、土屋文明、羽仁五郎、尾崎行雄、和辻哲郎、高村光太郎、谷川徹三、谷川俊太郎、松方義三郎、松本重治、近衛文麿、坂西志保、豊島与志雄、中野好夫、阿部知二、今日出海、防須哲子、仁科芳雄、湯川秀樹、小泉信三、信時潔……。政治家、哲学者、官僚、物理学者、天文学者、歌人、作曲家、詩人、料亭主人、新聞記者、医者、歴史家、実業家、教育者、中国人、韓国人など、職種国籍も多彩。岩波茂雄ならではの交友の広さが窺える。

昭和十七年春、田口修治、堀口捨己、高野素十らが感想や句を綴るようになって、ただの芳名録とは言えないものになっていく。

亜米利加より日本へ帰つて二週間
惜櫟荘を訪れて始めて日本の味に触れたとしたら
日本全体が謂ふ如き日本では無いのではないか
親日日本人　田口修治

最初、田口修治を「田中伊三郎」と読み間違えた。だが、この名では何者か分からない。岩波編集部が詳しく調べ直したところ、別の書簡の筆跡から田口修治、シュウ・タグチで知られる人物と教えられた。

なんとも浅学菲才に冷汗が出た。シュウ・タグチならば、私の「大先達」ではないか。日本大学芸術学部映画学科で学んだ私は、授業でシュウ・タグチのドキュメンタリー映画『漁る人々』を始め、何本か見た記憶があった。

田口修治は一九〇五年に生まれ、五六年に没しているゆえ面識はない。

だが、シュウ・タグチ・プロダクションを日芸卒業前後に訪ねた記憶がある。同級生のTがバイトをしており、私も仕事を貰いに行ったのだと思う。半世紀近く以前のことで記憶が定かではないが、新橋付近にプロダクションはあったように思う。

　Tは大学卒業とほぼ同時にパリで映画を学ぶために日本を離れた。数年後、私がピガールの屋根裏部屋に転がり込んだときには、Tはすでに映画から離れていた。

　シュウ・タグチの名は、忘れていた過去の記憶を一瞬にして蘇らせてくれた。

　真珠湾攻撃から数か月後、映画先進国のアメリカから強制的に帰国を余儀なくされたであろう田口修治は、愛国一辺倒、軍国主義に覆われた日本にあって、その社会的熱狂とは余りにもかけ離れた惜櫟荘の泰然自若とした静寂の落差に驚きを隠せないでいる。そして「親日日本人」の五文字にアメリカと日本の二国の間に心が揺れる複雑な想いを、私は垣間見た。

　また後年『利休の茶室』を著すことになる建築家堀口捨己は、「惜櫟荘早春」と題して「皇紀二千六百二年〔昭和十七年〕春」と明記している。

窓に見るは　太平洋の青海原　箱根の山裾　伊豆の島山
ひともとの　櫟にそそぐ　光にさへ　季節《とき》の移りの　見へて悲しも
大理石《なめいし》を　たためるなかに　湧く温泉《いでゆ》　浅春寒み　ひたりけるかも

松と竹と椿の間に　潮騒を　聞きつつひたる温泉なりけり

日本じゅうが戦果に沸き、戦時一色の時世にあって、惜櫟荘の静けさにひと時浸る堀口捨己の気持ちがよく分かる。そして惜櫟荘番人の私は、この敷地の宝物が昔も今も、「松、竹、椿」であったことに感動を覚える。

もう一人、高野素十は、高浜虚子に師事した俳人であり、医学博士でもあった。

一日の　全き閑や　蝶の昼
大霞　岬の花の　ちょぼちょぼと

もちろん私が判読する限りでの写しであるが、ご時世とは異なり、惜櫟荘の長閑さ、静寂が伝わってくるではないか。

「紀元二千六百二年五月十八日」に安積得也が惜櫟荘を再訪している。東京出身の安積は内務官僚にして官撰栃木県知事、岡山県知事を歴任した人物で詩人でもあった。安積は「訪惜櫟荘有感　真中の櫟」と題し、

惜しまるる櫟となりて惜しからぬ
　命を生くる櫟なりけり

と詠じた。さらに「制限」と題し、こう記す。

　三十坪といふ建築制限が
　氏に此の傑作を生ませた
　多忙といふ時間制限が
　人類に何を生ませるか

　安積が「訪惜櫟荘有感」を記した一月前の昭和十七年四月十八日には、真珠湾攻撃での打撃から回復した米空軍機が日本本土に初空襲を行い、米軍の反攻が始まる。そして、六月五日には連合艦隊はミッドウェー海戦で大敗北を喫し、敗戦への道を転がり落ちていく。しかしこうした日本の実状、世情とは異なり、惜櫟荘には静寂があったのだ。

　安積が書いた三十坪の建築制限とは、資材不足の戦時中、新築許可は三十坪以下に決められていたことをいう。吉田五十八がこの制限をかいくぐって、実際には一割ほど広い一一四・六平方メートルの惜櫟荘を完成させたことは、本書『惜櫟荘だより』に記すとおりだ。

　同じ頃、羽仁五郎は倅の進と娘の協子とともに惜櫟荘を訪ねている。

白昼見蕾松樹下
天地一変転石叫
海撫左顧山覗右
長眉人朋友多乎

羽仁五郎の七言絶句に続いて、娘の協子は、子どもらしい大きな筆遣いで、

ゆめの海原
かぜ走り
白馬たつかな
　キョウ

と書き、羽仁進は、

魚は潮目にあつまり
人は櫟廬につどう　進

と、戦時にありながら訪問客の絶えない惜櫟荘をこう表現した。

本日は日曜日。惜櫟荘に下りて戸をすべて開け放ち、風を入れた。戸の開け閉めは惜櫟荘番人の仕事だ。洋間のソファーに座ると、初代と二代目の櫟が一体化して繋った緑

が生き生きと目に映る。

岩波茂雄は、役に立たないおれのような櫟ゆえ、大事にすると言ったそうだが、惜櫟荘落成の時からこの雑木は七十余年の歳月を重ねてきた。この櫟が枯れることを想定して岩波雄二郎が二代目を植えたことに反発したか、二代目より元気で貫禄と風情を増した感じがする。

松越しの相模灘を眺めていると刻々と海の波模様と色調が変化し、初島を背景に釣り船やヨットが点景となり、なんとも長閑だ。

番人になった私も最初は惜櫟荘で仕事をすることを考えた。だが、この建物から海と空と島と岬を見ていると、まず仕事はしないだろうなと考え、それまでどおり母屋の寝室兼書斎で仕事を続けている。時折惜櫟荘に入り、半分は憩うために校正作業を為すくらいである。


昭和二十年八月十五日にはだれも惜櫟荘を訪れていない。いや、揮毫をしなかった訪問者がいたかもしれないが、もはや真相を知るすべはない。

敗戦から三か月後の十一月十日、

「信濃国妻科淙々亭寺島寺治」

の名が記されている。敗戦からこの期間、惜櫟荘に訪れる人はいなかったのか。

岩波茂雄の年譜を見ると、事情が少しずつ分かってくる。九月三日に長男岩波雄一郎を喪い、その葬儀を執り行った翌々日には長野に赴き、同郷の教育者藤森省吾の葬儀で弔辞を読む最中に脳溢血で倒れる。そしてそのまま十月半ば過ぎまで安静をとったのが、長野の岩波分室となっていた妻科の寺島寺治宅であった。十一月のこの日付は惜櫟荘で療養する岩波を寺島が見舞ったのかもしれない。

翌十二月六日にも寺島は再び訪れている。この時は長野県つながりか、落成直後に訪れた伊沢多喜男も同行している。伊沢は、

「我に　パンを　与へよ　伊沢多喜男」

と悲痛な告白を記している。惜櫟荘芳名録の中でこのような文章は他に類をみない。昭和二十年師走の食糧事情が痛切に伝わる。ちなみにおよそ一月前の十一月一日には、東京日比谷公園で餓死対策国民大会が大勢の人びとを集めて開かれた。

戦後の食糧事情といえば、ちょうどこの時期、東京、岡山と続けて米軍の空襲で焼け出された永井荷風が熱海に疎開していた。

その十二月八日の日記に曰く、

十二月初八、陰天、風寒からず、午飯の後新生社主人より贈られし米国製缶詰をひらく、無花果を煮つめて羊かんのやうになしたるものと珈琲となり。(『断腸亭日乗』

より）

この三か月前には荷風とて、

「すき腹に　しみ込む露や　けふの月」（同前）

と詠んでいた。永井荷風の惜櫟荘来訪の形跡はない。

敗戦前後には「憲政の神様」尾崎行雄（咢堂）の署名が頻出する。尾崎はこのころ惜櫟荘に滞在していたらしく、朝日新聞の記者、婦人之友編集局の編集者らが尾崎を惜櫟荘に訪なうようになる。

岩波茂雄の昭和二十年の病状に関連し、暮れには武見太郎の名も見える。惜櫟荘にいる岩波の診察にあたったのであろう、以下の記述がある。

昭和廿〔二十〕十二月廿六日往診

養生＜環境　万点／摂生　五十点

血圧　一六一―一〇〇

予後ハ病人自身ノ決定ニ待ツ

医者ハ無力タルヲ覚ルベシ　武生者

当然「病人」とは岩波茂雄当人であろう。武生者《ぶしょうもの》とは主治医の武見ではあるまいか。この診察のあとに東京大学名誉教授経済学者の鈴木竹雄、武見次郎、とある。武見次郎は太郎の実弟。武見太郎が診察のついでに弟らを惜櫟荘に連れてきたのではないか。

岩波茂雄、翌年の昭和二十一年四月二十日惜櫟荘にて再び発作に倒れ、五日後の二十五日死去。享年六十四。

この芳名録、延々二〇〇〇年早春まで続く。最後の揮毫者は二〇〇八年に亡くなった日本近代史の由井正臣。

寒椿　一輪落ちて　湯の煙り

惜櫟荘はこの年から私が番人に就く二〇〇八年秋まで長い眠りに入り、人の訪れはなかったようである。

＊　　　＊

私が芳名録に惹かれた理由はこうだ。

作家開高健も惜櫟荘に缶詰めになったとか。そのことについて雑誌に随筆を書いたらしく、作家と編集者として付き合いがあった友人某からコピーが送られてきた。それによれば開高は四日も五日も惜櫟荘に缶詰めになりながら一行も書かず、あるいは書けず、熱海の古本屋で買ってきた本を読み、松越しの相模灘を肴に酒を飲んで過ごしていたという。

立松和平は格別にして、多くの作家が同じような感慨、時の過ごし方を認めている。改めて想うが不思議な建物と環境である。

惜櫟荘の全面改築から四年半が過ぎ、建物の内外の中規模改修をすることにした。

まず一つは建物の外壁、リシン掻落し壁に何か所か亀裂が生じている。工務店の担当者の話しでは二〇一一年三月十一日の東日本大震災の影響ではないかという。

壁塗りの最中に大地震に見舞われた。その折はなんの影響もないように思えたが、リシン掻落し壁の内部になんらかの影響があり、歳月の経過とともに罅《ひび》割れが出てきたのではないかというのだ。

二つめは建物内部の聚楽壁に何か所か傷がついたのを修理する。その傷の原因は、和室の床の間に掛けた掛け軸下両端に吊るした風鎮が、海風に煽られて聚楽壁をこすってしまったこと、さらには何度か受けた取材の折、撮影用機材などが当たって傷がついたためだ。

聚楽壁を全面塗り替えるとなるとそれなりに大変な作業になる。まず傷を一つひとつ

埋めてみて、違和があればやはり全面塗り替えになるかもしれない。

　繊細な現代数寄屋様式の惜櫟荘だけに普段から気をつけて定期的にメンテナンスをしていても、五年を待たずして中規模改修をすることになった。

　この改修作業の結果は、『図書』に連載中の「惜櫟荘の四季」で報告していきたい。

　ところで、上に掲載した岩波茂雄の挿画だが、描いた人物の特定ができないままに、晩年の岩波の風貌を知るよすがとして掲載させてもらった。もう一つには、卓上のランプに惹き付けられたからだ。『惜櫟荘だより』の「五十八の灯り」で言及した板垣元彬のスタンド・ランプがそこに描かれてあるではないか。一枚の写真を頼りに復元したスタンドがやはりそっくりな形であったことに小さな感動を覚えた。ともあれ、お許しを得ないままの掲載をお詫び申し上げるとともに、お心当たりのお方は岩波現代文庫編集部までご連絡下さい。

最後に芳名録という極めて個人的な、徒然なる記述を快く引用させて頂いた方々に深く感謝申し上げる次第です。有難うございました。

建物が番人をあれこれと遊ばせてくれる。退屈をしないことだけは確かだ。

二〇一五年一〇月

佐伯泰英

本書は雑誌『図書』の連載(二〇一〇年五月号〜二〇一二年四月号)に加筆修訂をほどこし、二〇一二年六月に岩波書店より刊行された。

惜櫟荘だより

2016年1月15日　第1刷発行

著　者　佐伯泰英《さえきやすひで》

発行者　岡本　厚

発行所　株式会社　岩波書店
〒101-8002 東京都千代田区一ツ橋 2-5-5

案内 03-5210-4000　販売部 03-5210-4111
現代文庫編集部 03-5210-4136
http://www.iwanami.co.jp/

印刷・精興社　製本・中永製本

ISBN 978-4-00-602275-4　Printed in Japan

岩波現代文庫の発足に際して

新しい世紀が目前に迫っている。しかし二〇世紀は、戦争、貧困、差別と抑圧、民族間の憎悪等に対して本質的な解決策を見いだすことができなかったばかりか、文明の名による自然破壊は人類の存続を脅かすまでに拡大した。一方、第二次大戦後より半世紀余の間、ひたすら追い求めてきた物質的豊かさが必ずしも真の幸福に直結せず、むしろ社会のありかたを歪め、人間精神の荒廃をもたらすという逆説を、われわれは人類史上はじめて痛切に体験した。

それゆえ先人たちが第二次世界大戦後の諸問題といかに取り組み、思考し、解決を模索したかの軌跡を読みとくことは、今日の緊急の課題であるにとどまらず、将来にわたって必須の知的営為となるはずである。幸いわれわれの前には、この時代の様ざまな葛藤から生まれた、人文、社会、自然諸科学をはじめ、文学作品、ヒューマン・ドキュメントにいたる広範な分野のすぐれた成果の蓄積が存在する。

岩波現代文庫は、これらの学問的、文芸的な達成を、日本人の思索に切実な影響を与えた諸外国の著作とともに、厳選して収録し、次代に手渡していこうという目的をもって発刊される。いまや、次々に生起する大小の悲喜劇に対してわれわれは傍観者であることは許されない。一人ひとりが生活と思想を再構築すべき時である。

岩波現代文庫は、戦後日本人の知的自叙伝ともいうべき書物群であり、現状に甘んずることなく困難な事態に正対して、持続的に思考し、未来を拓こうとする同時代人の糧となるであろう。

（二〇〇〇年一月）

B210
シェイクスピアに出会う旅
熊井明子

シェイクスピアの故郷やコーンウォールの野外劇場など英国の各地に旅して、出会った人、物、風習などを紹介、作品の新たな魅力を語る。

B211
エクソフォニー
—母語の外へ出る旅—
多和田葉子

母語の外に出るという言語の越境で、何が見えてくるのか。ドイツ語と日本語で創作活動を行う著者による鋭敏で深遠なエッセイ集。〈解説〉リービ英雄

B212
歌、いとしきものよ
星野哲郎

作詞家・星野哲郎。ともに歩み、切磋琢磨したヒットメイカーたちを招き、その作品と人生について語りあう。演歌の巨匠が綴る、歌謡曲への応援歌。〈解説〉高　護

B213
筑豊炭坑絵物語
山本作兵衛
田川市石炭資料館監修
森本弘行編

山本作兵衛の炭坑記録画は、日本初のユネスコ世界記憶遺産になった。二二七点すべての解説文を翻刻した文画集。カラー口絵4頁。

B214
母
老いに負けなかった人生
高野悦子

父の急死のあと十一年余、母を介護した著者が、映画に励まされながら、母の夢を自らの夢として歩みつづける半生をふりかえる。

2016. 1

岩波現代文庫[文芸]

B215-216
小津安二郎周游(上・下)
田中眞澄

小津研究の第一人者が歴史の細部を見つめ、巨匠の生涯と全仕事を描きだす。上巻は戦前・戦中期。下巻は戦後の名作とその背景をたどる。〈解説〉川本三郎

B217
続 赤い高粱
莫言
井口晃訳

中国山東省高密県東北郷。日本軍を奇襲した祖父らだったが報復により村は壊滅する。共産党軍、国民党軍、傀儡軍、秘密結社がからむ凄烈な物語。五つの連作の後半三篇。

B218
モームの謎
行方昭夫

文学者モームが愛した女性、そして男性とは誰か。スパイだったのは本当か。晩年に襲ったスキャンダルとは。謎多き人生に迫る12章。岩波現代文庫オリジナル版。

B219
覚書 幕末・明治の美術
酒井忠康

幕末から明治初期の近代日本美術の揺籃期を論じた美術評論集。西洋美術との邂逅と、美術家の挑戦と挫折が、変転する時代の中に描き出される。岩波現代文庫オリジナル版。

B220
笑いのこころ ユーモアのセンス
織田正吉

なぜ人は思わず笑ってしまうか。博学な演芸作家が難解なこの問いに挑む。落語、漫才、映画、文学、哲学等から選りすぐったいい話を紹介。

2016.1

B221
ちいさな言葉
俵　万智

『サラダ記念日』で知られる歌人は、シングルマザーとして、幼い息子との会話を堪能中。微笑ましい情景のなかの日本語再発見。

B222
エンデのメモ箱
ミヒャエル・エンデ
田村都志夫訳

百十数の短編から、エンデの多彩な面が万華鏡のように浮かび上がる、ファン必読の書。創作の秘密が、いま明らかになる。

B223
大人にはわからない日本文学史
高橋源一郎

一葉からケータイ小説まで、近代文学の古典と現代小説を自在に対話させて、小説を読むたのしさを伝える新しい文学史序説。〈解説〉穂村　弘

B224
瀬戸内少年野球団
阿　久　悠

敗戦直後の淡路島を舞台に、野球を通して民主主義を学ばせようとする女教師と子供たちとのふれあいと絆を描いた作詞家阿久悠の代表作。〈解説〉篠田正浩

B225
現代語訳　蜻蛉日記
室生犀星訳

王朝日記文学の代表作『蜻蛉日記』を、室生犀星の現代語訳で味わう。道綱母の波瀾に富んだ生涯が、散文と流麗な和歌を交えながら描かれる。〈解説〉久保田淳

岩波現代文庫[文芸]

B226
現代語訳 古事記
蓮田善明訳

『古事記』は、古代の神々の世界を描いた雄大な叙事詩であり、最古の文学書。蓮田善明の格調高く味わい深い現代語訳で、日本神話の世界を味わう。〈解説〉坂本　勝

B227
唱歌・童謡ものがたり
読売新聞文化部

「赤とんぼ」「浜辺の歌」など長く愛唱されてきた71曲のゆかりの地を訪ね、その誕生と普及にまつわる数々の感動的な逸話を伝える。

B228
対談紀行 名作のなかの女たち
瀬戸内寂聴
前田　愛

『たけくらべ』から『京まんだら』へ。名作ゆかりの土地を訪ね、作品を鑑賞する。小説の面白さに旅の楽しみが重なる、談論風発の長篇対談。〈解説〉川本三郎

B229
炎　凍　る
樋口一葉の恋
瀬戸内寂聴

著者は一葉自身と小説中の女主人公の「生」と「性」に着目し、運命に抗う彼女らの苦闘の跡を追う。未完の作品『裏紫』の続編を併載。〈解説〉田中優子

B230
ドン・キホーテの末裔
清水義範

作家である「私」は、老文学者がセルバンテスになりきって『ドン・キホーテ』の第三部を書くというパロディ小説を書き始める。連載は順調に進むかに見えたが……。

2016.1

B231
現代語訳 徒然草
嵐山光三郎

『徒然草』は、日本の随筆文学の代表作。嵐山光三郎の自由闊達、ユーモラスな訳により、兼好法師が現代の読者に直接語りかける。

B232
猪飼野詩集
金時鐘

朝鮮人の原初の姿が残る猪飼野での暮らしを「見えない町」「日々の深みで」「果てる在日」「イルボン　サリ」などの連作詩で語る代表作。巻末に書下ろしの自著解題を収録。

B233
アンパンマンの遺書
やなせたかし

アンパンマンの作者が自身の人生を語る。銀座モダンボーイの修業時代、焼け跡からの出発、長かった無名時代、そしてアンパンマン。遺稿「九十四歳のごあいさつ」付き。

B234
現代語訳 竹取物語 伊勢物語
田辺聖子

『竹取物語』は、美少女かぐや姫を描いた日本最古の物語。『伊勢物語』は、在原業平の恋愛を描いた歌物語。千年を経た古典文学が現代の小説を読むように楽しめる。

B235
現代語訳 枕草子
大庭みな子

『枕草子』は、作者清少納言が平安朝の様々な話題を、鋭敏な感覚で取上げた随筆文学の代表作。訳文は、作者の息遣いを再現して新鮮である。〈解説〉米川千嘉子

岩波現代文庫[文芸]

B236
小林一茶 句による評伝
金子兜太

小林一茶が詠んだ句から、年次順に約90句を精選して、自由な口語訳と精細な評釈を付す。一茶の入門書としても最適な一冊となっている。

B237
私の記録映画人生
羽田澄子

古典芸能・美術から介護・福祉、近現代日本史など幅広いジャンルで記録映画を撮り続けてきた著者が、八十八年の人生をふり返る。

B238
「赤毛のアン」の秘密
小倉千加子

アンの成長物語が戦後日本の女性の内面と深く関わっていることを論証。批判的視点から分析した、新しい「赤毛のアン」像。

B239-240
俳諧志(上・下)
加藤郁乎

近世の代表的な俳人八十名の選りすぐりの句を、豊かな知見をもとに鑑賞して、俳句の奥深さと楽しさ、近世俳諧の醍醐味を味わう。〈解説〉黛まどか

B241
演劇のことば
平田オリザ

演劇特有の言葉(台詞)とは何か。この難問と取組んできた劇作家たちの苦闘を、実作者の立場に立った近代日本演劇史として語る。

2016. 1

B242-243
現代語訳 東海道中膝栗毛(上下)
伊馬春部訳

弥次郎兵衛と北八の江戸っ子二人組が、東海道で繰り広げる駄洒落、狂歌をまじえた滑稽談あふれる珍道中。ユーモア文学の傑作を現代語で楽しむ。〈解説〉奥本大三郎

B244
愛唱歌ものがたり
読売新聞文化部

世代をこえ歌い継がれてきた愛唱歌は、どのように生まれ、人々のこころの中で育まれたのか。『唱歌・童謡ものがたり』の続編。

B245
人はなぜ歌うのか
丸山圭三郎

言語哲学の第一人者にして、熱烈なカラオケ道の実践者である著者が、カラオケの奥深さ、上達法などを、楽しくかつ真摯に語る楽しい一冊。〈解説〉竹田青嗣

B246
青いバラ
最相葉月

〝青いバラ〟=この世にないもの。その不可能の実現に人をかき立てるものは、何か？バラと人間、科学、それぞれの存在の相克をたどるノンフィクション。

B247
五十鈴川の鴨
竹西寛子

表題作は被爆者の苦悩を斬新な設定で描いた静謐な原爆文学。日常での何気ない驚きと人の不思議な縁を実感させる珠玉の短篇集。著者後期の代表的作品集である。

2016.1

B248-249
昭和囲碁風雲録(上・下)
中山典之

隆盛期を迎えた昭和の囲碁界。碁界きっての書き手が、木谷実・呉清源・坂田栄男・藤沢秀行など天才棋士たちの戦いぶりを活写、波瀾万丈な昭和囲碁の世界へ誘う。

B250
この日本、愛すればこそ ―新華僑四〇年の履歴書―
莫邦富

文化大革命の最中、日本語の魅力に憑かれた青年がいた。在日三〇年。中国きっての日本通となった著者による迫力の自伝的日本論。

B251
早稲田大学
尾崎士郎

『人生劇場』の文豪尾崎士郎が、明治・大正期の学生群像を通して、希望と情熱の奔流に衝き動かされる青年たちを描いた青春小説。

〈解説〉南丘喜八郎

B252-253
石井桃子コレクションI・II 幻の朱い実(上・下)
石井桃子

二・二六事件前後、自立をめざす女性の魂の交流を描く。著者生涯のテーマを、八年かけて書き下ろした渾身の長編一六〇〇枚。

〈解説〉川上弘美

B254
石井桃子コレクションIII 新編 子どもの図書館
石井桃子

一九五八年に自宅を開放して小さな図書室を開いた著者が、本を読む子どもたちの、いきいきとした表情と喜びを描いた実践の記録。

〈解説〉松岡享子

2016.1

岩波現代文庫［文芸］

B255
石井桃子コレクションⅣ
児童文学の旅
石井桃子
欧米のすぐれた編集者や図書館員との出会いと再会、愛する自然や作家を訪ねる旅など、著者が大きな影響をうけた外国旅行の記録。〈解説〉松居　直

B256
石井桃子コレクションⅤ
エッセイ集
石井桃子
生前刊行された唯一のエッセイ集を大幅に増補、未発表の二篇も収める。人柄と思索のにじむ文章で生涯の歩みをたどる充実の一冊。〈解説〉山田　馨

B257
三毛猫ホームズの遠眼鏡
赤川次郎
想像力の欠如という傲慢な現代の病理――。「まともな日本を取り戻す」ためにできることとは？『図書』連載のエッセイを一括収録！

B258
僕は、そして僕たちはどう生きるか
梨木香歩
集団が個を押し流そうとするとき、僕は、自分を保つことができるか――作家梨木香歩が、少年の精神的成長に託して現代に問う。〈解説〉澤地久枝

B259
現代語訳
方丈記
佐藤春夫
世の無常を考察した中世の随筆文学の代表作。日本人の情感を見事に描く。佐藤春夫の訳で味わう。長明に関する小説、評論三篇を併せて収載。〈解説〉久保田淳

2016. 1

岩波現代文庫［文芸］

B260
ファンタジーと言葉
アーシュラ・K・ル＝グウィン
青木由紀子訳

〈ゲド戦記〉シリーズでファン層を大きく広げたル＝グウィンのエッセイ集。ウィットに富んだ文章でファンタジーを紡ぐ言葉について語る。

B261-262
現代語訳 平家物語（上・下）
尾崎士郎訳

平家一族の全盛から、滅亡に至るまでを描いた軍記物語の代表作。日本人に愛読されてきた国民的叙事詩を、文豪尾崎士郎の名訳で味わう。〈解説〉板坂耀子

B263-264
風にそよぐ葦（上・下）
石川達三

「君のような雑誌社は片っぱしからぶっ潰すぞ」――。新評論社社長・葦沢悠平とその家族の苦難を描き、戦中から戦後の言論の裏面史を暴いた社会小説の大作。〈解説〉井出孫六

B265
坂東三津五郎 歌舞伎の愉しみ
坂東三津五郎
長谷部浩編

世話物・時代物の観かた、踊りの魅力など、俳優の視点から歌舞伎鑑賞の「ツボ」を伝授。知的で洗練された語り口で芸の真髄を解明。

B266
坂東三津五郎 踊りの愉しみ
坂東三津五郎
長谷部浩編

踊りをもっと深く味わっていただきたい――そんな思いを込め、坂東三津五郎が踊りの全てをたっぷり語ります。格好の鑑賞の手引き。

2016. 1

B267
世代を超えて語り継ぎたい戦争文学
澤地久枝
佐高信

『人間の條件』や『俘虜記』など、戦争と向き合い、その苦しみの中から生み出された作品たち。今こそ伝えたい「戦争文学案内」。

B268
だれでもない庭
――エンデが遺した物語集――
ミヒャエル・エンデ
ロマン・ホッケ編
田村都志夫訳

『モモ』から『はてしない物語』への橋渡しとなる表題作のほか、短編小説、詩、戯曲、自筆の挿絵多数。手紙など魅力溢れる多彩な作品群を収録。

B269
現代語訳 好色一代男
吉井勇

愛欲の追求に生きた男、世之介の一代を描いた西鶴の代表作。国民に愛読されてきた近世文学の大古典を、文豪の現代語訳で味わう。〈解説〉持田叙子

B270
読む力・聴く力
河合隼雄
立花隆
谷川俊太郎

「読むこと」「聴くこと」は、人間の生き方にどのように関わっているのか。臨床心理・ノンフィクション・詩それぞれの分野の第一人者が問い直す。

B271
時間
堀田善衞

人倫の崩壊した時間のなかで人は何ができるのか。南京事件を中国人知識人の視点から手記のかたちで語る、戦後文学の金字塔。〈解説〉辺見庸

岩波現代文庫[文芸]

B272
芥川龍之介の世界
中村真一郎

芥川文学を論じた数多くの研究書の中で、中村真一郎の評論は、傑出した成果であり、最良の入門書である。〈解説〉石割 透

B273-274
法服の王国
小説裁判官(上・下)
黒木 亮

これまで金融機関や商社での勤務経験を生かしてベストセラー経済小説を発表してきた著者が新たに挑んだ社会派巨編・司法内幕小説。〈解説〉梶村太市

B275
惜櫟荘《せきれきそう》だより
佐伯泰英

近代数寄屋の名建築、熱海・惜櫟荘が、新しい「番人」の手で見事に蘇るまでの解体・修復過程を綴る、著者初の随筆。文庫版新稿「芳名録余滴」を収載。

2016. 1